13 Dunkle Märchen

C. Brück

INHALT

I. Die schwarze Königin

Vor Zeiten regierte ein König, der hieß Karl und hatte eine Frau und einen Sohn. Er war ein gütiger Herrscher und wurde vom ganzen Volk geliebt. Nachdem die Königin an einer langen, schweren Krankheit gestorben war, blieb ihm nur noch sein kleiner Sohn Friedrich und der war ihm das Liebste auf der Welt. Eines Tages jedoch, als der Knabe gerade zehn Jahre alt war, stürzte dieser so unglücklich von seinem Ross, dass er gelähmt war und jeden Lebensmut verlor. Verzweifelt rief der König alle Heilkundigen seines Reiches herbei, doch niemand vermochte Friedrich zu helfen. Fortan war Karl nur noch bei seinem gebrochenen Sohn und gemeinsam beweinten sie ihr Schicksal.

Als einige Zeit vergangen war, erschien eine ganz in Schwarz gewandete Frau am Tor des Schlosses und verlangte, vor den König gelassen zu werden. Da dieser schon lange keinen Besuch mehr empfing, verweigerten die

Wachen ihr den Zutritt. Da sagte die unheimliche Fremde: "Ich kann dem König etwas bieten, für das er mir auf ewig danken würde." Darauf ging einer der Wächter zu Karl und erstattete Bericht. Der sprach: "Was soll diese Frau schon für mich tun? Mein Sohn, das Einzige, was mir geblieben ist, liegt hier mit zerschmettertem Leib, für immer an sein Bett gefesselt. Aber gut: Wenn es ihr so wichtig ist, lasst sie ein." Darauf führten die Wächter sie vor den König. Ein seltsames Schaudern überkam Karl, als er sie sah. Stolz wirkte die Frau. Ihr langes, schwarzes Haar war von geradezu unnatürlichem Glanz und ihr schneeweißes Gesicht war gleichermaßen schön wie kalt. Ein Wachmann herrschte sie an: "Seine Majestät gewährt euch Audienz. Ihr müsst vor ihm niederknien." Doch sie blieb aufrecht stehen und sah den König hochmütig an. Verärgert schimpfte der: "Warum verweigert ihr mir die Untergebenheit, die mir gebührt? Und wer seid ihr?" Darauf erwiderte sie: "Ich bin Mara. Ich komme aus einem fernen, euch unbekannten Land. Ich knie vor keinem Menschen, auch nicht vor einem König. Dennoch bin ich sicher, dass ihr hören wollt, warum ich zu euch gekommen bin." "Also? Was wollt ihr?", fragte König Karl ungeduldig. "Was ich euch sagen will, ist nicht für fremde Ohren bestimmt. Zuvor schickt alle aus dem Thronsaal."

Als die Fremde bald darauf mit dem König allein war, fuhr sie fort: "Man erzählt sich, ein Unfall habe euren Sohn zum Krüppel gemacht und niemand könne ihm helfen. Nun, eure Quacksalber mögen nicht dazu imstande sein, doch bin ich es sehr wohl." Ungläubig sah Karl sie an und erwiderte: "Das behaupteten schon viele vor euch. Und nie konnten sie ihre vollmundigen Versprechungen halten." Darauf antwortete Mara: "Schickt nach eurem Schmied. Er soll seinen schwersten Hammer mitbringen." Neugierig tat der König, was sie forderte. Sogleich kam der Mann herbeigeeilt und reichte ihr das massive Werkzeug. Mit Leichtigkeit nahm die Frau den Hammer und schlug unvermittelt so heftig gegen das Knie des bemitleidenswerten Mannes, dass man die Knochen bersten hörte. Schreiend vor Schmerzen brach der Schmied zusammen und wurde dann ohnmächtig. Mara jedoch schlug unerbittlich weiter mit dem Hammer auf seine Beine ein, bis der König entsetzt rief: "Seid ihr von Sinnen, Weib? Was tut ihr?" Sie ließ von dem Mann ab und antwortete ungerührt: "Bringt den Kerl in ein Zimmer, wo ich einige Zeit mit ihm allein sein kann. Ich will euch meine Fähigkeiten unter Beweis stellen." Auch diese Forderung erfüllte König Karl. Einen halben Tag verbrachte die Frau nun allein mit dem Schwerverletzten hinter verschlossener Tür und ließ niemanden ein. Schließlich schickte sie nach dem König.

Und wie staunte dieser, als er den Schmied sah. Putzmunter stand er neben der finsteren Mara und von seinen zerschmetterten Beinen war nichts mehr zu bemerken. Die Frau befahl ihm, auf und ab zu laufen und in die Luft zu hüpfen, was ihm keinerlei Schwierigkeiten bereitete.

"Wie habt ihr das gemacht?", fragte der König ungläubig. Doch darauf gab sie keine Antwort. Der Schmied wiederum konnte sich an nichts mehr erinnern und sprang gut gelaunt davon. Voller Begeisterung sprach Karl: "Auch, wenn ihr nicht verraten wollt, wie ihr es anstellt: Bitte heilt meinen Sohn." Doch sie sagte: "Was ihr verlangt, hat seinen Preis." "Ich gebe euch so viel Gold, wie ihr wollt. Oder wollt ihr lieber Edelsteine oder Perlen?", fragte der König aufgeregt. Mit einem Lächeln der Überlegenheit sah Mara ihn an und sprach: "Ich will euer Weib werden und als Königin neben euch thronen." "Seid ihr toll? Was maßt ihr euch an?", war der Herrscher außer sich. "Ihr habt die Wahl. Dies ist mein Preis und keinen geringeren werde ich akzeptieren. Erst nach unserer Vermählung werde ich euren Sohn heilen." Was blieb Karl übrig? Schon bald wurde Hochzeit gehalten und noch am selben Tage ließ Mara sich zu dem Jungen bringen. Dann schloss sie sich mit ihm ein, so wie sie es zuvor mit dem Knecht getan hatte. Und zur grenzenlosen Freude des Königs wurde auch der Prinz gänzlich geheilt und lief seinem Vater unter Tränen in die Arme.

Von nun an herrschte neben dem König wieder eine Königin. Und es dauerte nicht lange, bis Karl erfahren musste, warum Mara nach dem Thron getrachtet hatte. Bei jeder Gelegenheit ließ sie ihr Gefolge und das Volk ihre Macht spüren. Die geringste Verfehlung genügte und schon ließ sie die Menschen ohne Erbarmen ins Verlies werfen, auspeitschen oder gar hinrichten, wobei sie stets mit Genugtuung zusah. Auch nahm sie den Bemitleidenswerten bei solcher Gelegenheit all ihre Habe.

Dem König, der immer gütig zu seinen Untertanen war, missfiel dies sehr und als er eines Abends mit ihr im Schlafgemach war, mahnte er sie streng, die Menschen besser zu behandeln. Doch statt Reue zu zeigen, fuhr sie ihn an: "Du wagst es, mich zu maßregeln? Bisher war ich nachsichtig mit dir. Damit ist es nun vorbei!" Dann packte sie Karl am Genick und schleuderte ihn zu Boden. Er konnte nicht glauben, wie ihm geschah. Er versuchte mit aller Kraft, sein aufgebrachtes Weib zur Räson zu bringen, doch sie war so stark, dass er ihr nichts entgegenzusetzen hatte. Sie verprügelte ihn mit blanken Fäusten, auf dass ihm Hören und Sehen verging. Als Karl schließlich das Bewusstsein verloren hatte, ging sie zu Bett. Tief in der Nacht kam der König wieder zu sich. Doch wagte er es nicht, sich zu rühren aus Furcht, er könne Mara wecken. Unter Schmerzen und zutiefst gedemütigt sann er über das Geschehene nach: "Ich war in zahllosen Turnieren siegreich, bin durch blutige Schlachten gestählt und werde verprügelt von einem Weib? Das kann nicht mit rechten Dingen zugehen. Schon die wundersame Heilung meines Sohnes kann ihr nur durch Hexerei gelungen sein. Doch in meiner Verzweiflung verschloss ich meine Augen vor dem Offensichtlichen."

Zwar thronten Karl und Mara weiterhin nebeneinander, doch in Wahrheit regierte einzig noch die Schwarze Königin, wie das Volk sie angstvoll nannte. Schlafen musste der entmachtete Herrscher auf dem Fußboden vor ihrem Bett und die geringste Aufsässigkeit strafte sie mit Schlägen. Doch achtete sie darauf, dass niemand davon etwas bemerkte. Und auch ihren Stiefsohn Friedrich benutzte sie als Faustpfand, indem sie dem König drohte: "Wenn Du es wagst, Dich zu widersetzen oder jemandem nur ein Wort zu verraten, wird es dem Prinzen schlecht bekommen. So schnell ich ihn heilte, so schnell kann ich ihn wieder zum Krüppel machen." Aus Angst um seinen Sohn, aber auch aus Scham schwieg Karl fortan. Das Volk indes litt schrecklich unter der Königin. In maßloser Gier erhöhte sie Steuern und Pachten, sodass viele trotz harter Arbeit hungern mussten. Ihr Mann vermochte kaum zu ertragen, wie sie sein Reich zugrunde richtete, doch wusste er nicht, wie er der Zauberkräfte dieser bösen Frau Herr werden sollte.

Jahre zogen ins Land und Friedrich wuchs zu einem stattlichen Prinzen heran. Tapfer und gutherzig war er und oft fragte er sich, warum seine Eltern zuließen, dass es dem Volk so schlecht ging. Ahnte er doch nicht, wie übel seine Stiefmutter seinem Vater mitspielte. Eines Nachts aber trug es sich zu, dass er von Albträumen geplagt wurde. Er träumte von einer bösen Hexe, die mit einer Peitsche unablässig auf einen edel gekleideten Mann einschlug, der am Boden lag. In seinem Traum näherte sich Friedrich vorsichtig dem grausamen Geschehen. Darauf verschwand die Hexe und vor ihm lag nur noch der Edelmann. Der Prinz beugte sich nieder, um das Gesicht des Geschundenen zu sehen, und entsetzt erkannte er seinen Vater. Schweißgebadet wachte er auf und da er den Traum für ein böses Omen hielt, wollte er dem König unverzüglich davon berichten. So begab er sich, obwohl es ihm verboten war, mitten in der Nacht in die königlichen Privatgemächer. Als er vorsichtig die Tür des Schlafraumes öffnete, sah er zunächst seine Stiefmutter schlafend im Bett. Doch konnte er seinen Vater nicht entdecken. Er schlich um das elterliche Nachtlager herum und dann fand er ihn. Zusammengekauert und ohne Decke schlief er auf dem Bettvorleger. Prinz Friedrich verstand nicht, was hier vor sich ging, aber er entschied sich, den König nicht zu wecken, und machte sich unbemerkt davon.

In der folgenden Nacht ging er erneut zu den Gemächern seiner Eltern. Im Korridor angelangt hörte er die Königin wütend schreien. Auch wenn er durch die schwere Tür des Schlafzimmers ihre Worte nicht verstehen konnte, klangen sie zweifellos hasserfüllt. Neugierig sah er durch das Schlüsselloch und konnte kaum glauben, was sich in dem Zimmer abspielte: Unter wüsten Beschimpfungen trat seine Stiefmutter auf den einst stolzen König ein, der ohne jede Gegenwehr wimmernd am Boden lag. Für einen Moment dachte der Prinz daran, hereinzustürmen und seinem Vater beizustehen. Doch dann überlegte er: "Warum lässt er sich so erniedrigen? Er ist der stärkste Kämpfer im ganzen Reich. Stiefmutters Kraft muss unnatürlichen Ursprungs sein. Besser, ich ziehe mich zurück."

Am nächsten Tag sprach er seinen Vater darauf an, was er beobachtet hatte. Doch um seinen Sohn nicht in Gefahr zu bringen, stritt Karl alles ab: "Du musst geträumt haben, mein Junge. Die Königin ist mir ein gutes Weib und wir sind glücklich miteinander. Und von nun an halte dich von unserem Schlafgemach fern." Friedrich aber wollte nicht aufgeben und dachte bei sich: "Wie groß muss seine Furcht sein, dass er sich dem eigenen Sohn nicht anvertraut. Ich habe keine Zweifel: All die Grausamkeiten gegen das Volk haben ihre Wurzeln bei Stiefmutter. Sie allein regiert das Reich gegen Vaters Willen. Als ich ein Knabe war, wurde er von allen Menschen für seine Güte geliebt. Heute spucken sie auf den Boden, wenn sie seinen Namen hören. Ich muss dieser boshaften Frau das Handwerk legen. Doch muss ich dazu ergründen, woher sie kam und was ihr Geheimnis ist. Gleich morgen werde ich aufbrechen." Und so verabschiedete er sich unter einem Vorwand und machte sich ganz allein auf den Weg.

Jeden, den er traf, fragte er, ob er die schwarze Frau, die sich Mara nennt, kenne oder etwas von ihr wisse. Doch niemand hatte je von ihr gehört. Und so führten ihn seine Nachforschungen in immer fernere Gegenden. Monate vergingen und er war bereits hoch im eisigen Norden, als er in einen schrecklichen Schneesturm geriet. Auf der Suche nach Schutz kam er an eine kleine, einsame Hütte. Halb erfroren klopfte er an die Tür und ihm öffnete eine alte Frau. "Rasch, edler Herr. Bringt euer Pferd in meinen kleinen Stall und dann kommt in mein bescheidenes Haus. Ihr könnt euch an meinem Ofen wärmen", sagte sie freundlich, noch bevor er darum bitten konnte. Er trat ein und staunte. Die Hütte, die von außen so winzig und verfallen aussah, war im Inneren ein großes, heimeliges Haus. Die Alte wies dem Prinzen einen gemütlichen Sessel direkt am knisternden Kamin. Schon nach wenigen Augenblicken servierte sie ihm ein köstliches Mahl mit erlesenem Wein und Früchten, die er noch nie gesehen hatte. Nachdem er sich aufgewärmt und sattgegessen hatte, sagte Friedrich: "Ich bin euch dankbar, Mütterchen. Ohne euch wäre ich draußen gewiss erfroren. Und eure Speisen waren das Köstlichste, das ich je gegessen habe. Doch woher habt ihr all diese Dinge? Diese Früchte wachsen hier nicht und Händler werden sich kaum hierher verirren." Sie ließ die Frage unbeantwortet und entgegnete lächelnd: "Ich freue mich, dass ihr mir etwas Gesellschaft leistet. Seit Jahren war kein Mensch mehr hier. Kann ich noch etwas für euch tun, mein Herr?" Darauf der Prinz: "Seit Monaten reise ich durch die Welt, um etwas über eine unheimliche Frau zu erfahren. Sie ist stets schwarz gekleidet und auch ihr Haar ist rabenschwarz, ihr Gesicht jedoch ist weiß wie Elfenbein. Sie nennt sich Mara und verfügt über große Macht. Kennt ihr vielleicht diese Frau?" Als die Alte das hörte, erschrak sie: "Ihr habt sie gesehen? Ist sie in der Nähe?" Friedrich erwiderte: "Sie ist weit von hier in meiner Heimat und stiftet dort schlimmstes Unheil." Dann erzählte er alles, was geschehen war. Schließlich sprach das Mütterchen: "Wie ihr sicher schon ahntet, bin auch ich eine Zauberin oder, wie manche sagen, eine Hexe. Doch setze ich meine Kunst nur zum Guten ein. Mara war vor vielen Jahren meine Schülerin. Ich brachte ihr alles bei, was sie heute so stark macht. Zu spät erkannte ich ihre bösartige Gesinnung. Nicht nur nach Macht und Reichtum strebt sie, sondern sie erfreut sich am Unglück der Menschen. Ihre größte Freude ist es, sie leiden und sterben zu sehen. Als ich sie durchschaute und zur Rede stellte, kam es zum Kampf. Sie besiegte mich und nur indem ich mich mithilfe eines Zaubers totstellte, konnte ich mein Leben retten. Dann ging sie fort. Offenbar hat sie in eurem Reich gefunden, was sie suchte." "Wie kann ich diese Hexe besiegen?", fragte der Prinz. "Meine Zauberkräfte sind den ihren nicht mehr gewachsen. Zu mächtig ist sie geworden. Doch ist auch sie nicht unbezwingbar. Wie alle Hexen kann sie durch Feuer vernichtet werden." "Dann soll sie brennen. Aber wie soll ich das anstellen?" Und die Alte erklärte: "Gegen ihre Magie kämpfen könnt ihr zwar nicht, doch wohl könnt ihr euch davor schützen. Mara hat nur Macht über Wesen und Dinge, die sie sieht. Solange ihr euch ihrem Blick entzieht, seid ihr außer Gefahr. Vielleicht könnt ihr euch das zunutze machen." "Ich danke euch für eure Ratschläge, Mütterchen. Nun weiß ich, dass es auch gute Hexen gibt, und werde nicht mehr vorschnell über eure Zunft urteilen."

Am nächsten Morgen verabschiedete sich der Prinz von der Alten und machte sich entschlossen auf den Heimweg. Als er endlich das Reich seines Vaters wiedersah, bot sich ihm ein Bild des Schreckens. Der Weg war gesäumt von den Leichen Verhungerter. An den Bäumen hingen die sterblichen Überreste zahlloser Gehenkter. Wie musste die Hexe hier gewütet haben? Als er das Schloss erreichte, eilte er sogleich zum Thronsaal, um zu erfahren, wie es seinem Vater ergangen war. Doch traf er dort nur die Schwarze Königin an. Trauer heuchelnd sagte sie: "Stiefsohn. Sehr lange warst du fort. Dein Vater hätte dich gebraucht. Er war schwer erkrankt und musste furchtbar leiden. Auf dem Sterbebett rief er unentwegt vergeblich nach dir, bis er schließlich entschlief." Obwohl Friedrich sich vorgenommen hatte, sich sein Wissen nicht anmerken zu lassen, verlor er vor Schmerz die Fassung. Er packte sie am Hals und schrie: "Ich weiß, wer du bist, du Hexe! Jede Krankheit vermagst du zu heilen, wenn du willst. Wenn Vater gestorben ist, dann, weil es dein Wille war!" Da hob Mara die Arme, flüsterte eine Zauberformel und wie von einer unsichtbaren Faust getroffen fiel der Prinz zu Boden. Dann empörte sie sich: "Du wagst es, dich gegen mich aufzulehnen? Darauf steht der Tod! Doch rechne nicht mit der Gnade eines schnellen Endes. Morgen früh sollst du auf das Rad geflochten werden."

Im nächsten Moment ergriffen ihn die Wachen und brachten ihn in ein finsteres Verlies. In völliger Dunkelheit tastete er umher in der Hoffnung, auf etwas zu stoßen, das ihm zur Flucht verhelfen könnte. Doch das Einzige, das er fand, waren die Gebeine eines Toten. Er untersuchte das Skelett und fühlte plötzlich etwas Vertrautes: den Armreif seines Vaters. Voller Wut und Schmerz dachte er: „Es ist, wie ich befürchtete. Keineswegs ist Vater an einer Krankheit gestorben. Die Hexe hat ihn ermordet. Wahrscheinlich ließ sie ihn einfach hier verhungern. Dafür soll sie bezahlen. Und mein toter Vater wird mir dabei helfen." Obwohl es ihn große Überwindung kostete, brach er die Enden zweier Rippen aus dem Skelett des Königs. Dann steckte er die beiden spitzen Knochen in seine Hosentasche und erwartete den Morgen.

Als es so weit war, öffnete sich die Tür und Tageslicht fiel in das Gefängnis. Der

Kerkermeister trat ein und sprach mit trauriger Stimme: "Prinz Friedrich, ich komme, um euch dem Henker vorzuführen. Seid ihr bereit?" Der Verurteilte erkannte in dem Mann einen einst getreuen Diener seines Vaters und erwiderte: "Bringen wir es hinter uns. Doch hätte ich nie geglaubt, dass ausgerechnet ihr, den ich von Kindesbeinen an kenne, mich eines Tages dem Scharfrichter zuführen würdet." Darauf flüsterte der Kerkermeister: "Vergebt mir, Herr. Wie die anderen Bediensteten war ich eurem Vater immer treu ergeben und bedaure seinen Tod zutiefst. Doch wir haben keine Wahl. Jeden, der sich widersetzte, hat sie grausam ermordet. Niemand kann es mit ihrer Zauberkraft aufnehmen." "Wenn ihr die Wahrheit sagt, tut mir als Beweis eurer Treue einen letzten Gefallen. Bindet mir die Hände nur locker, sodass ich die Fesseln lösen kann, wenn ich es will." Ängstlich sagte der Mann: "Wenn die Königin das erfährt, werde ich gleich neben euch sterben. Dennoch will ich es tun. Aber was nützt euch das?" "Das lasst meine Sorge sein. Tut nur, worum ich euch bitte.“ Der Mann erfüllte den Wunsch und brachte den Prinzen dann zum Richtplatz.

Mara erwartete ihn dort bereits. Triumphierend stand ihm die Schwarze Königin von Angesicht zu Angesicht gegenüber: "Welch ein Freudentag. Nur du bist mir noch im Wege. Nach deinem qualvollen Tod auf dem Rad wird euer Geschlecht auf ewig ausgelöscht sein und ich allein werde herrschen. Und bald werde ich auch die Nachbarreiche unterwerfen. Nichts kann mich aufhalten." Doch in diesem Augenblick streifte Prinz Friedrich seine Fesseln ab. Ehe die Frau begriff, wie ihr geschah, zog er die beiden spitzen Rippen seines Vaters aus der Tasche und stieß sie der Hexe gleichzeitig in beide Augen. Außer sich vor Schmerz und Wut stieß die Geblendete übelste Verwünschungen aus, die aber wirkungslos blieben. Und der Prinz sprach: "Du bist keiner Untaten mehr fähig. Ich kenne dein Geheimnis. Deine Hexenkunst gibt dir nur Macht über das, was du siehst. Und sehen wirst du nichts und niemanden mehr." Dann wandte er sich an die Wachen: "Ich weiß, dass ihr der falschen Königin nur dientet, weil ihr keinen Ausweg saht. Darum sei euch vergeben. Als rechtmäßiger Thronfolger befehle ich euch: Packt die Hexe und sperrt sie in den Kerker. Sie kann euch nichts mehr anhaben. Schon morgen wollen wir sie ihrer gerechten Strafe zuführen." Überglücklich folgten die Männer seinem Befehl und am nächsten Tag hielt Friedrich über die Hexe Gericht. Er sprach: "Ich habe gelernt, dass Hexen ihre Künste sehr wohl zum Guten einsetzen können. Solche Zauberinnen sollen uns stets willkommen sein. Doch du, Mara, hast nicht nur meinen Vater ermordet, sondern Tod und Verderben über das ganze Land gebracht. Dafür sollst du brennen." Dann wurde die blinde Hexe auf den Scheiterhaufen gebracht und das Feuer entzündet. Entsetzlich und unmenschlich waren ihre Schreie, als die Flammen nach ihr griffen. Doch unter dem begeisterten Jubel des Volkes waren sie kaum zu hören.

II. Das Gold der Zwerge

Es war einmal eine Bäuerin. Der Bauer behandelte sie gut und der Hof brachte genug ein, dass sie sorgenfrei leben konnten. Doch mit den Jahren wurde die Frau mehr und mehr der harten Arbeit überdrüssig. Eines Tages dachte sie: „Ich bin es leid, mich Tag für Tag zu plagen, nur für dieses karge Leben. Ich will leben wie eine feine Dame und mich bedienen lassen. Und ich will dieses grobschlächtigen Bauern ledig werden, der Tag und Nacht nach Schweiß stinkt und kaum mehr als zwei Mahlzeiten am Tag einbringt. Aber das wird wohl immer ein Traum bleiben."

Irgendwann trug es sich dann zu, dass sie tief im Wald nach Pilzen suchte. Da hörte sie aus dem Unterholz ein aufgeregtes Durcheinander von Stimmen. Vorsichtig schlich sie näher und traute ihren Augen nicht: Es waren vier Zwerge, kaum größer als Kaninchen. Ihnen gegenüber stand ein Fuchs und war im Begriff, sie zu fressen. Geistesgegenwärtig scheuchte die Bäuerin Meister Reineke mit einem beherzten Fußtritt davon. Erschrocken starrten die Männlein zu ihr auf. Als sie begriffen, was geschehen war, bedankten sie sich für ihre Rettung und sprachen: „Wir verdanken euch unser Leben, gute Frau. Bitte nehmt dieses Goldstück zum Dank." Doch die schlug dem Zwerg das Gold aus der Hand und packte eines der Männlein. Mit eisernem Griff hielt sie es in die Höhe und rief wütend: „Das könnte euch wohl passen. Jeder weiß, dass Zwerge unermessliche Schätze horten. Wollt ihr euren Gefährten zurück, so gebt mir einen gerechten Lohn für eure Rettung." Dann warf sie ihnen ihren leeren Geldbeutel zu und forderte: „Füllt ihn mir mit Gold. Euer Genosse soll mir als Pfand bleiben." Mehr zornig als verängstigt fügten sich die Zwerge in ihre missliche Lage. Wortlos nahmen die drei den Beutel und verschwanden im Dickicht. Nach einer Weile kehrten sie zurück und übergaben der Bäuerin das Gold. Darauf ließ sie den vierten Zwerg frei und eilte freudig nach Hause. Ihrem Mann freilich verriet sie nichts von ihrem unverhofften Reichtum, denn teilen wollte sie keinesfalls.

Am nächsten Morgen gab sie zunächst vor, ihre Arbeit zu tun. Doch als der Bauer draußen die Kühe molk, reizte sie im Stall den größten und wildesten Bullen bis zur Raserei und ließ ihn dann auf die Kuhweide hinaus. Sogleich stürzte er sich auf den armen Mann, durchbohrte ihn mit seinen mächtigen Hörnern und trampelte ihn zu Tode. Niemand ahnte, dass der Bauer nicht einem tragischen Unfall, sondern einem heimtückischen Mord zum Opfer gefallen war. Und so war aus der Bäuerin eine Witwe geworden. Sie stellte einige Bedienstete ein, sodass sie sich endlich dem Nichtstun und der Verschwendung hingeben konnte. Doch ging ihr in ihrer Maßlosigkeit das Gold eher aus, als ihr lieb war und bald dachte sie: „Viel zu bescheiden war ich gegen die Zwerge. Habe ich ihnen doch ihr Leben gerettet. Ich werde zu ihnen gehen und einfordern, was mir zusteht."

So ging sie erneut in den Wald. Und tatsächlich fand sie die vier kleinen Männlein unweit der Stelle, an der sie ihr erstmals begegnet waren. Doch bemerkten die Zwerge die Bäuerin und verkrochen sich für diese unerreichbar in eine enge Felsspalte. Da sagte die gierige Frau: „Hört. Viel zu gering war der Lohn, den ihr mir für euer Leben gabt. Ich verlange hundert Pfund Gold. Dann sind wir quitt.“ Darauf antwortete einer der Zwerge aus der Felsspalte heraus: „Warum sollten wir deine unverschämte Forderung erfüllen, du nimmersattes Weib? Wir haben dich bereits reich belohnt und keiner von uns ist mehr in deiner Gewalt.“ Die Bäuerin erwiderte kühl: „Nun, ganz wie ihr wollt. Dann werde ich den Menschen im Dorf berichten, dass hier im Wald Zwerge leben, die unermessliche Schätze besitzen. Keine ruhige Minute werdet ihr mehr haben und nichts werden sie euch lassen.“ Darauf riefen die Zwerge zornig: „Also gut, es sei. Doch versprich, dass du dann Ruhe gibst.“ „Ihr habt mein Wort. Wenn ihr das Gold morgen früh zu meinem Hof bringt, seht ihr mich nie wieder und niemand soll euer Geheimnis erfahren.“ Die Zwerge taten, was die Bäuerin verlangte, und so fand sie am nächsten Morgen einen Sack Gold vor ihrer Tür. Davon ließ sie ein großes Herrenhaus errichten, stellte weitere Bedienstete ein und kleidete sich wie eine Königin. Doch prasste sie so sehr mit dem Gold, dass es nicht lange dauerte, bis wieder nichts mehr übrig war.

Wider ihr Versprechen ging sie abermals zu den Zwergen und sogleich versteckten die sich wieder in der Felsspalte. Die nimmersatte Bäuerin sprach: „Ihr Zwerge, ich weiß, dass ihr da seid. Zwar gab ich euch mein Wort, euch in Ruhe zu lassen, doch habt ihr mich betrogen. Die hundert Pfund Gold, die ihr mir gabt, sind ein gerechter Preis für eines eurer Leben. Doch rettete ich vier von euch vor dem Fuchs. Gebt mir also, was mir zusteht.“

Da trat wie aus dem Nichts ein Mann vor die Frau. Zwar sah er aus wie einer der Zwerge, doch war er viel größer, so dass er selbst die

Bäuerin um zwei Köpfe überragte. Finster blickte er drein und sie geriet in große Furcht. In strengem Ton sprach er zu ihr: „Ich bin der König der Zwerge. Übel hast du uns mitgespielt in deiner Gier. Doch nun werde ich deinem Treiben ein Ende setzen.“ Noch bevor sie etwas sagen konnte, packte er die Bäuerin und griff nach seinem Messer. Ohne Mitleid schnitt er ihr die Zunge heraus und stach ihr beide Augen aus. Als sie schließlich wimmernd und blutend am Boden lag, sagte er: „Das ist der gerechte Lohn für deine Maßlosigkeit. Nun hat es ein Ende mit deinen Erpressungen und niemanden wirst du jemals hierherführen können.“ Dann brachten die Zwerge sie zu ihrem Haus und warfen sie halbtot vor die Tür wie einen Sack Kohlen. Als die Bediensteten begriffen, dass ihre Herrin mittellos war, liefen sie ihr davon, während das überschuldete Gut an die Gläubiger fiel. Fortan musste die einst reiche Bäuerin als blinde, stumme Bettlerin ohne Heim und Herd ihr Dasein fristen und es dauerte noch viele Jahre, bis der Tod sie von ihrem jämmerlichen Leben erlöste.

III. Lisa bei den Räubern

Auf einem kleinen Bauernhof lebte vor langer Zeit ein Mädchen, das hieß Lisa. Obwohl ihre Eltern hart arbeiteten und das Kind half, wo es konnte, reichte die Ernte kaum für das Nötigste. Eines Tages kam eine berittene Bande von fünf Räubern und überfiel den Hof. Als sie nichts fanden, was von Wert war, rasten sie vor Wut, erschlugen den Vater und folterten die Mutter grausam zu Tode. Die arme Lisa musst alles mitansehen und glaubte, nun ebenfalls sterben zu müssen. Doch dann rief der Räuberhauptmann: "Das Kind verschont mir. Es soll uns zu Diensten sein." Lachend zog daraufhin einer der Räuber Lisa auf sein Pferd und die Bande ritt zu ihrem Versteck, das tief im Wald lag.

Fortan musste das kleine, aber sehr kluge und starke Mädchen für die Bande kochen, putzen, Kleider waschen und tun, was Sie sonst noch von ihr verlangten. Die groben Männer behandelten sie schlecht und wenn sie unzufrieden oder übellaunig waren, schlugen sie das Kind oder drohten ihr schrecklichste Dinge an. Doch wenn Lisa auch vorgab, sich in ihr Schicksal zu fügen, so sann das Mädchen in Wahrheit unentwegt nach, wie es sich befreien könnte. Sie dachte: "Unmöglich ist es, fünf Räubern zu entkommen. Doch wären es nur vier, bestünde vielleicht Hoffnung."

Als einige Zeit vergangen war, erfuhren die Räuber, dass in der Gegend die Pest wütete. Darauf sprach der Hauptmann: "Männer, der Schwarze Tod zieht durch das Land. Um ihm nicht selbst anheimzufallen, müssen wir solange auf Raubzüge verzichten, bis er weitergezogen ist. Robert, du wirst dich heute Abend ins Dorf aufmachen und beim Krämer einbrechen, um Vorräte zu beschaffen. Aber halte dich unbedingt von den Menschen im Dorf fern, damit du nicht den Tod zu uns bringst." Der Räuber tat wie ihm geheißen.

Als er spät in der Nacht mit vollen Taschen heimkehrte, schliefen seine Kameraden bereits fest. Nur Lisa war noch wach. Doch stellte sie sich schlafend und wartete, bis auch Robert zu Bett gegangen war und sie ihn schnarchen hörte. Dann nahm sie etwas Ruß aus dem Kamin und schlich sich an sein Nachtlager. Ganz vorsichtig und ohne ihn aufzuwecken, streute sie ein wenig davon auf das Gesicht und die Hände des Räubers und legte sich schließlich schlafen.

Als am nächsten Morgen der Räuberhauptmann erwachte, rief er: "Robert, du Schlafmütze. Steh` auf und zeige uns, was du erbeutet hast. Ich hoffe, es sind reichlich Butter und Speck dabei." Sogleich trat der Herbeigerufene vor und sprach stolz: "Mein Raubzug hat sich gelohnt. Ich habe Vorräte für mindestens zwei Wochen mitgebracht. Auch an Butter und Speck soll es uns nicht fehlen." Doch der Hauptmann sah ihn nur entsetzt an, wich zurück und sagte: "Du Unglücksrabe! Was hast du für dunkle Flecken im Gesicht und an den Händen? Du hast den Schwarzen Tod mitgebracht! Habe ich dir nicht befohlen, dich von den Menschen fernzuhalten? Du wirst uns alle umbringen!" Und noch ehe Robert sich erklären konnte, griff der Hauptmann nach dem schweren Schüreisen, das neben dem Kamin hing, und erschlug ihn. Dann rief er die anderen Räuber herbei und erklärte: "Unser unglückseliger Kamerad wurde im Dorf von der Pest befallen. Berührt ihn nicht, damit euch nicht dasselbe Schicksal ereilt. Lisa soll den Pechvogel nach draußen schaffen und verbrennen. Dann werden wir sie einige Tage in den Hühnerstall sperren und uns von ihr fernhalten, um zu sehen, ob auch sie befallen wurde." Das Mädchen führte den Befehl furchtlos aus, wusste sie doch, dass Räuber Robert keineswegs an der Pest erkrankt, sondern Opfer ihrer List geworden war. Als sich die Bande nach einigen Tagen Lisas Gesundheit versichert hatte, holten sie sie zurück ins Haus und sie verrichtete wieder ihren Dienst. Und bei sich dachte sie: "Unmöglich ist es, vier Räubern zu entkommen. Doch wären es nur drei, bestünde vielleicht Hoffnung."

Als wiederum einige Zeit vergangen war, erkrankte einer der Männer am Wechselfieber. Schon seit einigen Tagen war er bettlägerig und das Fieber wollte nicht zurückgehen. Da bekamen die Räuber Kunde, dass eine Kutsche mit reichen Edelleuten auf der Durchreise war. Der Hauptmann sprach: "Ludger, Johann, wir drei werden der Kutsche an der Furt auflauern. Dort muss sie langsam fahren und wir haben leichtes Spiel. Berthold bleibt hier und passt auf die Hütte auf. Krank, wie er ist, wäre er uns nur lästig. Spätestens morgen Abend werden wir zurück sein."

Und so machten sich drei der Räuber auf den Weg, während Berthold mit Lisa zurückblieb. Bald rief der das Mädchen zu sich und verlangte: "Los, du nichtsnutziges Ding. Mach mir einen Kräutertrunk, damit ich schnell gesund werde." So ging sie hinaus und sammelte an Kräutern, was sie finden konnte. Schließlich kam das Kind zu einer kleinen Lichtung, auf der Fingerhut blühte. Ihr Vater hatte Lisa oft vor der Giftigkeit dieser Pflanze gewarnt, die sie sich nun zunutze machen wollte. Sie nahm ein Bündel Blätter und gab es mit den Kräutern in den Sud. Und ihr Plan gelang: Bereits kurz nachdem der Räuber den Becher geleert hatte, überkam ihn große Übelkeit. Etwas später blieb sein Herz stehen und er war tot.

Am nächsten Tag kehrten die übrigen drei Räuber von ihrem Beutezug zurück. An ihren Kleidern und Händen klebte noch das Blut ihrer Opfer. Als sie in die Hütte traten, sahen sie ihren toten Kameraden, den Lisa auf seinem Bett aufgebahrt hatte. Das Mädchen berichtete ihnen, dass das Fieber immer stärker geworden und Berthold schließlich entschlafen sei. Doch statt um den Toten zu trauern, geriet der Räuberhauptmann in Wut: "So ein Schwächling. Jetzt sind wir nur noch zu dritt. Lisa, schaff´ den Kerl raus und vergrabe ihn." Und noch während sie unter großer Anstrengung den Leichnam aus dem Haus schleifte, setzten sich die drei anderen zu Tisch, um ihre Beute aufzuteilen. An den toten

Kameraden verschwendeten sie keinen Gedanken mehr. Lisa aber dachte unterdessen: "Unmöglich ist es, drei Räubern zu entkommen. Doch wären es nur zwei, bestünde vielleicht Hoffnung."

Nach einiger Zeit hatte die Bande die ganze Beute verprasst und wollte erneut auf Raubzug gehen. So brachen der Hauptmann und Ludger auf, während Johann zurückblieb, um über das Versteck zu wachen. Nachdem die beiden bereits einige Stunden fort waren, hörten Lisa und der Räuber Hufschläge, die sich langsam näherten. Kurz darauf kam ein edel gekleideter Mann geritten. Johann begrüßte ihn und heuchelte: "Willkommen, edler Herr. Was führt euch zu meiner bescheidenen Hütte?" Und der Reiter antwortete: "Ich habe einem Hirsch nachgestellt und mich dabei verirrt. Könnt ihr mir sagen, wie ich zum nächsten Dorf gelange?" Darauf der Räuber: "Gewiss. Doch seid ihr sicher durstig und könnt eine Stärkung vertragen. Erweist mir die Ehre, mein Gast zu sein." "In der Tat, das klingt verlockend. Gern nehme ich euer Angebot an." Doch kaum war der Edelmann von seinem Ross gestiegen, zog Johann sein Messer unter dem Mantel hervor und schnitt ihm die Kehle durch. Noch während sein Opfer verblutete, begann der Mörder es zu durchsuchen, um ihm Geld und Schmuck abzunehmen. Dabei war er vor Gier und Mordlust so von Sinnen, dass er nicht bemerkte, dass Lisa neben ihn getreten war. Das Mädchen griff blitzschnell nach dem spitzen Dolch, den der sterbende Edelmann am Gürtel trug und stieß ihn Johann bis ans Heft ins Herz. Sie ließ die beiden Leichen an Ort und Stelle liegen und wartete auf die Heimkehr der übrigen zwei Räuber. Als diese eintrafen und die beiden Toten sahen, erklärte sie ihnen: "Gerade wart ihr fortgeritten, als sich dieser Edelmann hierher verirrte. Johann wollte ihn ausrauben und so kam es zum Kampf, der beiden den Tod brachte." Der Hauptmann war außer sich: "Nicht einmal mit einem einzigen Mann wird der Taugenichts fertig. Gut, dass wir ihn los sind." Dann bemächtigten sie sich der Habseligkeiten der toten Männer und befahlen Lisa, sie zu begraben. Sie tat, wie ihr befohlen, und frohen Mutes dachte sie: "Unmöglich war es, drei Räubern zu entfliehen. Doch nun, da es nur noch zwei sind, wird es mir gewiss gelingen."

Am Abend saßen der Hauptmann und Ludger beisammen, tranken Wein und teilten ihre Beute auf. Lisa kam mit dem Einschenken kaum nach, so zügig leerten sie ihre Becher. Volltrunken sagte der Anführer zu seinem einzig verbliebenen Kameraden: "Hier ist dein Anteil von unserem letzten Beutezug. Du siehst, die Mühen haben sich gelohnt. Und auch der Edelmann, der Johann auf dem Gewissen hat, hatte einige Dukaten in den Taschen. Hiervon erhältst du ebenfalls deinen Anteil." Lisa hörte aufmerksam zu und fragte dann: "Und wie wollt ihr den großen Diamanten teilen, den der Edelmann bei sich trug? Er ist gewiss ein Vermögen wert, doch könnt ihr ihn ja nicht entzweischneiden." Misstrauisch sahen sich die betrunkenen

Männer an. Dann brüllte Ludger wütend: "Wieso weiß ich nichts von einem Diamanten? Wolltest du ihn für dich allein behalten? Ob Hauptmann oder nicht – gib den Stein heraus!" Gleichermaßen zornig erwiderte dieser: "Ich habe keinen Edelstein zu Gesicht bekommen. Du wirst ihn vor mir entdeckt und eingesteckt haben, du undankbarer Lump!" Schon prügelten sie wild aufeinander ein, bis schließlich beide besinnungslos zu Boden taumelten. Geschwind holte Lisa ein Seil herbei und band ihnen Hände und Füße. Dann nahm sie das Gold, das auf dem Tisch lag, an sich und zündete schließlich die Hütte an, die sogleich lichterloh brannte. Im Davonlaufen hörte Lisa noch die entsetzlichen Todesschreie der Männer, doch drehte sie sich nicht mehr um, sondern lief und lief, so schnell sie konnte. Und mit dem Gold der Räuber führte sie fortan ein sorgenfreies Leben.

IV. Der Glücksschilling

Schon kurz nach seiner Geburt hatte Siegfried seine Eltern verloren und lebte seitdem in einem Waisenhaus. Da es ihm dort an allem mangelte und er schlecht behandelt wurde, floh er eines Tages, um sein Glück in der Fremde zu suchen.

Bald führte ihn sein Weg an eine Mühle. Er fragte den Müller, ob er sich dort verdingen könne, und der nahm ihn freundlich auf. So verrichtete Siegfried Tag für Tag harte Arbeit gegen gerechten Lohn. Als einige Jahre vergangen waren, sprach der Junge zum Müller: "Meister, ich danke euch, dass ihr mich aufgenommen und euer Handwerk gelehrt habt. Doch nun dürstet es mich nach Neuem und ich möchte in die Welt hinausziehen." Der Müller antwortete: "Siegfried, du bist jung. Auch wenn du mir wie ein Sohn geworden bist, verstehe ich, dass du mehr im Leben sehen willst als nur diese Mühle. Und weil du stets fleißig und ehrlich warst, will ich dir etwas schenken, das dir sehr nützlich sein wird." Dann gab er ihm eine Münze und sagte: "Es ist nur ein Schilling. Beim Krämer wird man dir kaum mehr als ein Pfund Käse dafür geben. Doch hat er einen anderen, weitaus größeren Wert." "Und worin besteht dieser Wert, Meister?", fragte der Junge neugierig. "Wisse, Siegfried, es ist ein Glücksschilling. Einst arbeitete ich als Knecht bei einem Bauern. Nachdem ich ihm lange treu gedient hatte, schenkte er mir diese Münze. Er sagte, dass sie ihm alle Herzenswünsche erfüllt habe und er sie fortan nicht mehr brauche. Seitdem meint es das Leben nur noch gut mit mir. Ich habe eine brave Frau, gesunde Kinder und die Mühle sorgt für einen stets gedeckten Tisch. Es gibt nichts darüber hinaus, was ich begehre. Darum ist es jetzt auch für mich an der Zeit, den Schilling weiterzugeben. Und wenn auch du eines Tages alles hast, was du dir wünschst, sollst du ihn ebenfalls weitergeben. Das ist seine Bestimmung. Doch hüte dich. Wer sich durch Habgier und Eitelkeit seiner unwürdig erweist, den straft er ohne Erbarmen." Der Junge erwiderte: "Ihr habt mein Wort: Ich werde ihn nur zum Guten nutzen und zur rechten Zeit weitergeben. Habt tausend Dank, Meister!" Dann steckte er den Glücksbringer in seine Tasche und verabschiedete sich.

Nachdem er einige Zeit gewandert war, rastete er im Schatten eines Baumes und betrachtete die Münze. Dabei dachte er: "Der Meister hat es gut gemeint, doch bin ich nicht abergläubisch. Ein Schilling ist ein Schilling, nicht mehr und nicht weniger. Ich will ihn dennoch als Andenken an den Müller in Ehren halten."

Und als er dasaß, kam ein Mann in zerlumpten Kleidern des Weges und fragte, ob er sich eine Weile zu ihm setzen dürfe. Siegfried freute sich über die Gesellschaft und teilte bereitwillig seinen kargen Proviant mit dem Fremden. Plötzlich aber zog der ein Messer unter seinem Mantel hervor, hielt es dem Jungen an den Hals und drohte: "Dein Geld her, oder ich schneide dir die Kehle durch!" Darauf sprach dieser:

"Durch harte Arbeit konnte ich mir diesen kleinen Beutel Taler zusammensparen. Nimm ihn, doch bitte verschone mein Leben." Dann griff er in seine Tasche und reichte dem Räuber sein bescheidenes Vermögen. Der nahm das Geld und fesselte Siegfried an den Baum. Dann sagte der Mann: "Vergib` mir diese schlechte Tat. Meine Kinder leiden Hunger und ich weiß keinen anderen Ausweg. Gehab` dich wohl!" Dann lief er davon.

Nach einiger Zeit konnte Siegfried sich befreien und setzte seine Wanderung fort. Dabei dachte er: "Jetzt sind meine Ersparnisse dahin. Nur noch den Schilling des Meisters habe ich, da ich ihn nicht in meinem Geldbeutel aufbewahrte. Ich werde ihn wohl ausgeben müssen, um meinen Magen zu füllen. Als Glücksbringer taugt er ja offenbar nichts." Eine ganze Weile war er bereits gegangen, da fand er den Mann, der ihn ausgeraubt hatte. Durch unzählige Messerstiche fürchterlich zugerichtet lag er auf dem Weg und nur noch wenig Leben war in ihm. Seine Kleider, seine

Tasche und auch Siegfrieds Geldbeutel hatte man ihm genommen. Der kniete sich zu dem Sterbenden hinunter und hielt seine Hand. Der Mann flüsterte kaum hörbar: "Ohne Zögern stachen die Wegelagerer auf mich ein. Alles nahmen sie mir und zogen spottend davon. Aber das ist mein verdienter Lohn. Bitte verzeih mir." Siegfried vergab ihm und mit erleichtertem Lächeln starb der Mann. Lange dachte der Junge über das Geschehene nach: "Der Pechvogel tut mir leid, auch wenn er mich beraubt hat. Hat er doch nur aus Not gehandelt und mir kein Haar gekrümmt. Ganz anders als die Teufel, die ihm so grausam mitgespielt haben. Was wäre gewesen, hätte er mich nicht ausgeraubt und gefesselt? Statt seiner wäre ich selbst hier den Räubern begegnet. Hatte ich letztlich nicht doch großes Glück?"

Siegfried beerdigte den Toten, betete für ihn und ging dann weiter, bis er in ein Dorf kam. Da er sehr hungrig war, sah er keine andere Möglichkeit, als den Glücksschilling zu verwenden, um im Wirtshaus etwas zu essen. Er setzte sich zu Tisch, bestellte eine Mahlzeit und einen großen Becher Bier. Nachdem er satt war und seinen Durst gelöscht hatte, rief er den Wirt herbei, um seine Zeche zu zahlen. Doch gerade als er den Schilling aus der Tasche holen wollte, kam es am Nebentisch zu einem Tumult. Ein edel gekleideter Kaufmann hatte eine Fischgräte verschluckt und rang um Luft. Während die anderen Gäste hilflos zusahen, sprang Siegfried auf, packte den Erstickenden und drückte und schüttelte ihn, bis dieser die Gräte ausspie und wieder atmen konnte. Erleichtert sprach der Fremde: "Mein Freund, ihr habt mein Leben gerettet. Bitte nehmt diesen Beutel Gold zum Dank." Erfreut nahm Siegfried die großzügige Belohnung an und grübelte: "Erst bin ich der Mörderbande entgangen und nun habe ich auch noch einen Beutel Gold geschenkt bekommen. Ob der Müller doch die Wahrheit gesprochen hat? Ich werde den Schilling lieber nicht hergeben. Vielleicht bringt er wirklich Glück. Meine

Zeche kann ich ja nun von dem Gold bezahlen."

In der nächsten Stadt besuchte er eine Schenke, in der Männer um Geld würfelten. Als Siegfried das sah, dachte er: "Das ist die Gelegenheit, den Schilling auf die Probe zu stellen." Er gesellte sich zu den Würfelspielern und setzte sogleich das gesamte Gold ein, das er geschenkt bekommen hatte. Bald hatte er seinen Einsatz verzehnfacht und fortan hatte er keinen Zweifel mehr an seinem Glücksbringer. Tag und Nacht trug er ihn an einer Kette um den Hals. Er beschloss, sich sesshaft zu machen, und kaufte von dem gewonnenen Vermögen einen Hof und reichlich Vieh. Und da er weiter fleißig arbeitete, war er bald der reichste Gutsherr weit und breit, hatte eine liebe Frau und eine Schar Kinder. Dank des Glücksschillings gelang ihm jede Unternehmung.

Doch bekam ihm der Wohlstand nicht auf Dauer. Mit den Jahren wurde er faul und hochmütig. War er früher bescheiden und fleißig gewesen, tat er nun nichts mehr, außer seine Mägde und Knechte zu scheuchen. Er entlohnte sie schlecht und schalt sie beim geringsten Anlass. Keinen Handschlag tat er mehr auf seinem Hof, sondern verließ sich nur noch auf sein Glück und berauschte sich an seinem stetig wachsenden Reichtum.

Eines Tages schließlich klopfte es an seiner Tür. Es war sein alter Lehrmeister, der ihm einst den Schilling geschenkt hatte. Herzlich begrüßte er Siegfried: "Mein Junge, ich freue mich zu sehen, dass die Münze auch dir zu großem Glück verholfen hat. Du hast alles, was man sich wünschen kann. Es ist an der Zeit, dich an dein Versprechen zu erinnern und den Glücksbringer weiterzureichen. Hast du schon jemanden auserwählt, der seiner würdig ist?" Doch Siegfried erwiderte: "Längst nicht habe ich alles, was ich mir wünsche. Mein Vermögen ist noch zu gering, meine Ländereien zu klein. Ich werde die Münze so lange behalten, bis ich der reichste Mann im Lande bin. Dann und nicht einen Tag früher werde ich sie hergeben."

Der Müller erschrak und sagte: "Es ist nicht die Bestimmung der Münze, die Maßlosigkeit und Herrschsucht eines Einzelnen zu befriedigen. Wenn du sie dazu missbrauchst, wirst du es bitter bereuen." Doch der gierige Gutsherr war unbelehrbar: "Hast du nicht verstanden? Verschwinde und lass´ dich nie wieder hier blicken. Sonst ergeht es dir schlecht." Enttäuscht und verängstigt ging der Müller fort und Siegfried hatte den unerwünschten Besuch rasch vergessen.

Bald darauf fuhr seine Frau mit der Kutsche in die Stadt, um gemeinsam mit den Kindern einige Besorgungen zu machen. Als sie am Abend noch nicht zurück waren, sprach der Hausdiener zu seinem Herrn: "Vielleicht ist ihnen etwas zugestoßen. Sollen wir ihnen entgegenreiten?" Der war gerade dabei, die Tageseinnahmen zu zählen und erwiderte: "Du siehst doch, dass ich zu tun habe. Von mir aus schau´ nach, wo sie bleiben. Aber störe mich nicht weiter." Nach kurzer Zeit kehrte der Diener zurück. Mit leichenblassem Gesicht sagte er: "Herr, etwas Furchtbares ist geschehen. Die Kutsche ist vom Wege abgekommen und in den Fluss gestürzt. Eure Frau, eure Kinder – alle sind jämmerlich ertrunken." Erschrocken rief Siegfried aus: "Wie ist das möglich? Hat der Glücksbringer seine Kraft verloren?“ Doch dann beruhigte er sich und dachte: „Der Schilling konnte ihnen ja kein Glück bringen. Ich trage ihn um meinen Hals und nicht sie."

Zwar trauerte er um seine Familie, doch brachte ihn dies keineswegs zur Besinnung. Er wurde immer geiziger und boshafter. Bald hatte er alle Bediensteten vergrault, sodass er die anfallenden Arbeiten wieder selbst verrichten musste. Und als der nächste Sommer kam, gab es eine schreckliche Dürre, wodurch das Getreide auf den Feldern verdorrte und das Vieh elendig einging. Schließlich musste er den Hof verkaufen und nur noch wenige Taler waren ihm geblieben. Immer größer wurden die Zweifel an seinem Glücksbringer und er dachte sich: "Ich will den

Schilling erneut auf die Probe stellen. Noch heute Abend werde ich wissen, ob er tatsächlich seine Kraft verloren hat." Und so ging er in die Schenke und gesellte sich zu den Würfelspielern, wie er es einst getan hatte. Er setzte seine letzten Taler - und verlor. Nicht einmal seine Zeche konnte er bezahlen, sodass der jähzornige Wirt ihn übel verprügelte und ihm alle Zähne ausschlug. Endlich begriff Siegfried, dass ihm die Münze, die er um den Hals trug, kein Glück mehr brachte, sondern ihm vielmehr seinen schändlichen Wortbruch heimzahlte. Er entschied: "Wenn mir die Münze kein Glück mehr bringt, so sicher doch einem anderen. Ich werde sie für gutes Geld verkaufen. Ihre Fähigkeiten sind ein Vermögen wert."

So bot er bald den Schilling einem Kaufmann an und erzählte von dessen wunderbarer Wirkung. Doch der lachte Siegfried aus: "Wahrlich, ein schöner Glücksbringer muss das sein. Sieh´ dich an. Du bist in Lumpen gekleidet, dein Gesicht ist zerschunden und keinen Zahn hast du mehr im Maul. Auf solch ein Glück kann ich verzichten. Scher` dich fort." Und so erging es Siegfried immer wieder aufs Neue. Keiner wollte ihm glauben, dass die Münze ein Glücksbringer sei." Schließlich geriet er an eine Räuberbande. Sie bedrohten ihn mit dem Tode und forderten all seine Habe. Da streckte Siegfried dem Räuberhauptmann den Schilling entgegen und sprach: "Diese Münze ist alles, was ich besitze. Sie ist von unschätzbarem Wert." Wütend rief der Hauptmann aus: "Ein jämmerlicher Schilling für dein Leben? Unverschämter Kerl!" Er zog seinen Säbel und hieb Siegfried mit einem Schlag die Hand ab. Dann ritt die Bande spottend davon und ließ ihn samt der Münze am Boden liegen.

Er war schon ohnmächtig und fast verblutet, als ein armer Bauernjunge ihn fand. Der nahm ihn mit in seine Hütte und versorgte seine Wunden. Er pflegte Siegfried wochenlang, bis der wieder zu Kräften kam. Dann sagte er: "Deine Hand, die dir der Räuber abgehauen hat, habe ich beerdigt. Diese Münze befand sich noch darin. Ich habe sie für dich aufbewahrt." Doch als er sie ihm zurückgeben wollte, sprach Siegfried: "Behalte sie. Es ist ein Glücksschilling. Lass` dich nicht von meinem schweren Los täuschen. Ich habe mich seiner unwürdig erwiesen und wurde deshalb zu Recht bestraft. Wenn du aber rechtschaffen und fleißig bleibst, wird er dir Glück bringen. Und wenn sich eines Tages all deine Wünsche erfüllt haben, gib´ ihn weiter an jemanden, den du für würdig erachtest." Der Bauernjunge bedankte sich etwas ungläubig. Er ahnte nicht, wie sehr sich sein Leben fortan zum Guten wenden würde.

Dann begab sich Siegfried zur Mühle seines alten Meisters und bat ihn um Verzeihung. Und der Müller sprach: "Ich bedaure, dass du eine derart bittere Lektion erfahren musstest. Natürlich vergebe ich dir." Dann umarmten sie sich und der Meister nahm ihn wieder auf. Viele glückliche Jahre noch arbeiteten sie gemeinsam in der Mühle. Und wenn Siegfried auch nie mehr vom Glücksschilling sprach, so mahnte ihn doch sein Handstumpf zeitlebens zur Bescheidenheit.

V. Der Geist aus der Flasche

An der Küste hoch im Norden lebte vor vielen Jahren ein armer Mann, der hieß Hein. Da er keine Arbeit hatte, ging er oft an den Strand und suchte nach Treibgut. Dabei trug sich eines Tages Sonderbares zu.

Hein fand im Sand eine Flasche, die vollständig von Algen und Muscheln bedeckt war. Vorsichtig befreite er sie von dem Belag und bestaunte das merkwürdige Gefäß. Die bauchige Flasche war aus einem grünen, undurchsichtigen Kristall gefertigt. Verschlossen war sie mit einem Korken, der mit Pech versiegelt war. In dieses Pech waren Zeichen geprägt, die ihm fremd waren, aber bedeutungsvoll aussahen. Unweigerlich fielen ihm Geschichten ein, die man ihm als Kind erzählt hatte. Geschichten von Geistern, die durch Zauberei in ein Gefäß gebannt waren und dort ihr Dasein fristen mussten, bis jemand sie erlöste. Er dachte sich: "Was, wenn in der Flasche tatsächlich so ein Geist ist? Jeder weiß, dass Flaschengeister ihrem Retter einen Wunsch erfüllen müssen. Oder gar mehrere? Ein solches Wesen könnte mich aller Sorgen ledig machen." Ohne weiter zu zögern, kratzte er mit seinem Messer das Pech vom Korken und zog diesen erwartungsvoll aus der Flasche. Dann geschah es: Grüner Rauch stieg aus dem Gefäß empor. Die Rauchsäule wurde immer dichter und größer. Bald überragte sie die umstehenden Bäume. Dann hörte sie auf zu wachsen und nahm nach und nach die Gestalt eines gewaltigen Mannes an. Überaus muskulös war er. Er trug nichts als eine Pluderhose, sein mächtiger Bauch war nackt. Sein Haupt war kahl und am Kinn wuchs ein spitzer Bart. Dabei sah er sehr zornig aus. Heins Herz raste vor Aufregung und er fragte sich, ob er die Flasche nicht besser zurück ins Meer geworfen hätte. Dann aber nahm er all seinen Mut zusammen und rief: „Hier unten bin ich. Mir verdankst du deine Freiheit.“ Grimmig blickte der monströse Geist zu Hein hinab und erwiderte mit tosender Stimme:

„Nun gut, du Wicht. Durch dich kann ich endlich Rache nehmen an den Menschen. Da ich nicht undankbar sein will, schenke ich dir dein erbärmliches Leben."

Spätestens jetzt bereute Hein, dass er den Geist freigelassen hatte. „Was habe ich getan?", dachte er, „Tod und Verderben wird der undankbare Geist über die Menschheit bringen. Ich muss ihn überlisten, damit ich ihn wieder in die Flasche sperren kann." Dann sagte er: „Musst du deinem Befreier nicht einen Wunsch erfüllen?" Der Flaschengeist erwiderte erbost: „Ist dir dein Leben nicht genug? Was willst du denn noch?" Darauf Hein listig: „Ich habe gesehen, wie du trotz deiner riesenhaften Gestalt aus dieser kleinen Flasche kamst. Doch kann ich nicht glauben, dass du es auch anders herum vermagst." „Natürlich kann ich das. Wie kannst du es wagen, daran zu zweifeln, du lächerlicher Zwerg?" „Dann beweise es. Das soll mein Wunsch sein." Die unheimliche Gestalt verfiel in donnerndes Gelächter: „Ich schulde dir zwar nichts, doch dieser Wunsch ist ein so geringer, dass ich ihn dir erfüllen will. Also sieh her." Langsam fiel der Rauch in sich zusammen und wich nach und nach in die Flasche, bis er gänzlich darin verschwunden war. Darauf hatte Hein gewartet. Blitzschnell griff er nach dem Korken und stopfte ihn die Öffnung. Dann rief er erleichtert aus: „Wie gut, dass der Geist so dumm ist. Nun ist er wieder sicher verwahrt und ich werde ihn zurück ins Meer werfen."

Doch gerade als er zum Wurf ausholte, begann die Flasche in seiner Hand zu beben. Erschrocken ließ er sie fallen. Gemächlich, doch unaufhaltsam drang der Korken aus der Flasche. Dann stieg erneut der grüne Rauch heraus und der Geist nahm wieder seine gewaltige Gestalt an. Überlegen lachte er: „Hast du geglaubt, es sei so einfach? Ich habe dir dein Leben geschenkt und dabei soll es bleiben. Doch tritt mir nie wieder unter die Augen, sonst wirst du keine Gnade erfahren." Dann zertrat der Geist die Flasche und stampfte mit mächtigen Schritten davon. Hein blickte ihm ratlos hinterher, bis er in der Ferne verschwunden war, und konnte es nicht begreifen. Wie konnte er aus eigener Kraft aus dieser Flasche entkommen, die ihm zuvor ein unüberwindbares Gefängnis gewesen war? Sein Gewissen plagte ihn, dass er den Geist freigelassen hatte, und er fragte sich, was dieser nun tun würde. Es konnte nichts Gutes sein.

Auch wenn er nicht mit ihm Schritt halten konnte, folgte Hein der Spur des Unholds. Bald führte sie ihn in ein kleines Dorf und was er dort sah, ließ ihn erschaudern. Alle Häuser waren dem Erdboden gleich gemacht. Die Straßen waren übersät mit den zerschmetterten und zertrampelten Leichen der Bewohner. Einige waren gar in Stücke gerissen worden. Und auch in den nächsten Dörfern, durch die er kam, fand er das gleiche schreckliche Bild vor. Nichts und niemand hatte dem Zorn des Flaschengeistes standhalten können. „Ich muss ihm Einhalt gebieten. Koste es, was es wolle!“, schwor sich der Mann und grübelte nach einer Lösung.

Schließlich fiel ihm ein, dass einige Tagesmärsche entfernt, hoch in den Bergen, ein geheimnisvoller Einsiedler leben sollte, der viel über Zauberei wüsste. Vielleicht hätte der ja einen Rat. Hein verließ also die Spur des Flaschengeistes und machte sich auf den Weg in die Berge. Und tatsächlich: Nach einer beschwerlichen Wanderung fand er den Mann und erzählte ihm, was geschehen war. Der Alte war außer sich, als er die Geschichte hörte: „Du Narr! Wie konntest du diesen Teufel freilassen? Ich selbst war es, der ihn einst in die Flasche sperrte. Da er unsterblich ist, war dies der einzige Weg, die Menschen vor ihm zu schützen." Darauf fragte Hein: „Wie konntet ihr ihn in das Gefäß bannen? Ich brachte ihn zwar dazu, hinein zu gehen. Doch obwohl ich die Flasche sogleich mit dem Korken verschlossen hatte, entwich er wieder. „Das wundert mich nicht, du Dummkopf", erwiderte der Alte grantig, „ein alberner Korken ist kein Hindernis für diese unmenschliche Kreatur. Nur durch

Zauberkraft kann er gebannt werden.“ Darauf bat Hein den Einsiedler, ihm alles zu erzählen, was er wisse. Und nachdem dieser sich beruhigt hatte, begann er: „Vor vielen Jahrzehnten, lange vor deiner Geburt, tauchte er aus dem Nichts auf. Niemand weiß, wer er ist und woher er kommt. Er ist das absolut Böse. Armeen haben versucht, ihn zu vernichten, doch die, die nicht flohen, zermalmte er, als seien sie Spielzeuge. Bis unser damaliger König ihm entgegentrat. Er war der stärkste und mutigste Kämpfer, den dieses Land je sah, und ohne jede Furcht stellte er sich dem Geist. So entdeckten wir sein Geheimnis: Unsere Angst ist es, die ihn groß und stark macht. Sie nährt ihn. Und an der Furchtlosigkeit seines Gegners verzweifelnd wurde er zusehends kleiner und schwächer. Bald war er nicht größer als ein Mensch und der König schlug weiter unermüdlich mit dem Schwert auf ihn ein, um ihm den Garaus zu machen. Und wenn der Geist sich auch als unverwundbar erwies, so verlor er doch unter den Hieben immer mehr an Kraft und Größe, bis er nur noch ein Däumling war. Da nutzte unser König den Augenblick, packte ihn und steckte ihn in eine Flasche. Um ihn, wie wir glaubten, dauerhaft darin einzusperren, bedurfte es jedoch eines Zaubers. Ich versiegelte den Korken mit Pech, in das ich mithilfe dieses magischen Siegelrings ein machtvolles Bannzeichen prägte. Den Ring hinterließ mir vor langer Zeit mein Lehrmeister, der ihn wiederum von dem seinen erhalten hatte. Wenn man einen Raum oder ein Behältnis mit diesem Siegel versieht, kann nichts daraus entkommen. Nicht einmal dieses Ungeheuer. Doch du, Unglückseliger, hast es entfernt. Ich gebe diesen Ring nun dir. Es ist der einzige Weg, den Geist wieder einzusperren. Und das zu tun, ist deine Pflicht."

Als Hein all dies gehört hatte, erwiderte er: „Ich danke Euch für den Ring. Doch freiwillig wird der Geist sich nicht wieder in eine Flasche begeben und ich bin kein furchtloser Held wie euer König.“ Aber weiteren Rat konnte ihm der Einsiedler nicht geben. Er sagte: „Du bist zwar ein Dummkopf, doch du hast ein großes Herz und stellst dich deiner Verantwortung. Darum glaube ich an dich. Nun geh!“

Und so suchte Hein erneut die Spur des Geistes. Bald musste er sehen, dass dieser in der Zwischenzeit nicht untätig gewesen war. Viele Dörfer, Städte und sogar bewehrte Festungen waren zerstört und niemanden hatte er verschont. Soldaten hatte er ebenso erschlagen und zerrissen wie Frauen und Kinder.

Schließlich aber kam Hein in eine Stadt, die der Unhold noch nicht heimgesucht hatte. Eilig begab er sich zum Bürgermeister, um ihn zu warnen und ihm zur Flucht zu raten. Doch war dieser hochmütig und nachdem Hein ihm alles erzählt hatte, sprach er: „Deine Geschichte klingt unglaublich. Doch selbst wenn es deinen Geist wirklich gibt, wird er sich an meiner Stadt die Zähne ausbeißen. Wir haben die dicksten Stadtmauern, die schwersten Waffen und das größte Heer weit und breit. Er soll nur kommen. Wir werden nicht fliehen." Hein begriff rasch, dass hier jede Mühe vergebens war, und erwiderte daher: „Ich wünsche euch viel Glück, doch befürchte ich das Schlimmste. Aber sagt: Wie komme ich von hier zur nächsten Stadt? Vielleicht findet meine Warnung dort mehr Gehör." Darauf sagte der Bürgermeister: „Hier in der Umgebung gibt es nichts weiter als eine Siedlung, in die wir unsere Aussätzigen schicken, um uns vor ihrer Krankheit zu schützen. Aber warum solltest du sie warnen? Sie sind ohnehin dem Tode geweiht." Doch Hein war anderer Meinung, ließ sich den Weg zur Aussätzigenkolonie zeigen und brach auf.

Als er bereits eine Weile gegangen war, hörte er weit hinter sich großen Lärm. Zunächst waren es Kriegshörner und Kampfrufe von Soldaten, bald schon nur noch Todesschreie. Da wurde ihm klar, dass er die Stadt gerade rechtzeitig verlassen hatte. Den Menschen dort war nicht mehr zu helfen. Doch wollte er nun wenigstens die Aussätzigen rechtzeitig warnen und er ahnte, dass nicht viel Zeit blieb.

Bald erreichte er die Siedlung. Die Kranken sahen ihn verwundert an. Noch nie hatte sich ein Gesunder zu ihnen gewagt. Neugierig scharten sie sich um ihn, doch hielten sie einigen Abstand, um ihn nicht in Gefahr zu bringen. Hein rief ihnen zu: „Ihr habt wenig Zeit. Ein böser Geist hat die Stadt, aus der ihr stammt, ausgelöscht. Schon bald wird er auch eure Kolonie erreichen. Flieht, so schnell ihr könnt!“ Doch die von Leiden Gezeichneten lächelten nur milde und einer sprach für alle, als er sagte: „Es ehrt dich, dass du trotz aller Gefahr zu uns, den Geringsten, gekommen bist, um uns zu warnen. Doch wir werden nicht fliehen. Wir fürchten den Geist nicht. Wir sind ohnehin schon mehr tot als lebendig. Viele von uns leiden schreckliche Schmerzen. Niemand versorgt uns aus Angst vor unserer Krankheit. Wir leiden Hunger und Durst. Der Tod ist Erlösung für uns.“

Als Hein das hörte, kam ihm eine Idee. Eine kurze Weile beriet er mit den Todgeweihten und bald war man sich über den Plan einig. Er ließ sich eine leere Flasche und ein Töpfchen Pech geben und versteckte sich in einem Gebüsch. Die Aussätzigen hingegen rüsteten sich mit den bescheidenen Waffen, die sie besaßen, und warteten auf die Ankunft des mörderischen Unholds.

Es dauerte nicht lange, bis der Geist vor die Siedlung trat. Da stellten sich ihm die Aussätzigen mit ihren Spießen und Äxten entgegen. Zunächst lachte der Geist über die gebrechlichen Leute, doch als sie entschlossen auf ihn einschlugen und -stachen, spürte er ihre Furchtlosigkeit und seine Kräfte begannen zu schwinden. Zwar tötete er zahllose Gegner, doch zeigten die Verbliebenen weiterhin keinerlei Angst. Immer kleiner und schwächer wurde er und bald war er nur noch ein fingerlanger Winzling, so wie es der Einsiedler beschrieben hatte. Da fasste Hein sich ein Herz und stürmte aus seinem Versteck. Noch bevor der Geist verstand, was geschah, ergriff er ihn, stopfte ihn unsanft in die Flasche und verschloss sie mit einem Korken. Dann tauchte er sie in das Pech, in das er schließlich mit dem Ring das Bannsiegel prägte. Das unsagbar Böse, das er freigelassen hatte, war endlich wieder eingesperrt!

Erleichtert bedankte er sich bei den Aussätzigen für ihren Heldenmut. Nur wenige von ihnen hatten den Kampf überlebt. Wie er es versprochen hatte, versorgte Hein diese fortan mit guter Nahrung, frischem Wasser und schmerzlindernder Arznei. Er konnte alles aus der zerstörten Stadt beschaffen, denn diese Dinge hatten den Geist nicht interessiert, sodass einiges davon heil geblieben war. Als nach einigen Wochen auch der letzte Aussätzige seiner Krankheit oder seinen Wunden erlegen und beerdigt war, brannte Hein die Aussätzigenkolonie nieder. Dann errichtete er ein großes Denkmal zu Ehren der tapferen Kranken, die die ganze Menschheit gerettet hatten. So konnte jeder, der künftig des

Weges kam, erfahren, dass auch Aussätzige nicht wertlos sind, sondern Großes leisten können und die gleiche Achtung verdienen wie alle anderen Menschen.

Die Flasche aber warf Hein nicht zurück ins Meer. Er suchte eine entlegene Höhle auf, die tief in einen Berg führte. Dort steckte er die Flasche in eine Eisenschatulle, die er ebenfalls mit dem magischen Siegel verschloss. Die Schatulle wiederum legte er in eine schwere Truhe, die er abermals versiegelte und dann vergrub. Schließlich brachte Hein den Eingang der Höhle zum Einsturz.

Doch auch wenn dieses Gefängnis bis heute unentdeckt ist, bleibt das böseste Wesen, das je auf Erden wandelte, unsterblich. Und noch heute wartet es auf seine Befreiung.

VI. Jagdpassion

Vor langer Zeit lebte ein Jungjäger, der erlernte sein Handwerk von einem alten, erfahrenen Jagdmeister. Nach einigen Jahren sprach der Meister zu ihm: „Lutz, du hast alle Aufgaben und Prüfungen, die ich dir stellte, ohne Fehl und Tadel bestanden. Ich habe dir alles beigebracht, was ich weiß. Von nun an kannst du dich mit Fug und Recht einen gestandenen Waidmann nennen und guten Gewissens deine Dienste anbieten. Ziehe aus und suche dein Glück!" Lutz folgte dem Rat seines Meisters, nahm seinen Bogen und sein Jagdmesser sowie einen Rucksack mit dem Nötigsten und zog voller Tatendrang in die Welt hinaus.

Tage und Wochen der Wanderschaft vergingen, doch zu seiner Enttäuschung fand er keinen Herrn, der seiner Dienste bedurfte. Schließlich kam er an ein Dorf am Rande eines großen Waldes. Da er sehr hungrig war, kehrte er ins Wirtshaus ein, um dort zu speisen und zu nächtigen. Als er Platz genommen hatte, blickte er sich um und staunte. Viele Jagdtrophäen hatte er schon gesehen und auch selbst gesammelt. Das Haus seines Meisters war voll davon gewesen. Doch was er in diesem Wirtshaus sah, übertraf alles: Ausgestopfte Köpfe von Bären, Wölfen, Keilern und anderem Wild füllten die Wände, dass kaum eine Handbreit Platz blieb. Bis unter die Decke türmten sich mächtige Regale, zum Bersten voll mit kleineren Tieren von Adler und Fuchs bis zu Spitzmaus und Zaunkönig. Lutz freute sich: „Das ist nach meinem Geschmack. Die Leute hier scheinen die Jagd und ein gutes Stück Wildbret zu schätzen." Dann rief er: „Wirt, ich habe Hunger. Bringt mir eine große Hirschkeule." Doch der Wirt erwiderte beschämt: „Ich muss euch enttäuschen, junger Herr. Bei uns gibt es kein Wild mehr." „Das verstehe ich nicht.", sagte Lutz enttäuscht, „Als ich all eure Trophäen sah, nahm ich an, hier gebe es Wild in Hülle und Fülle." Und der Wirt erklärte: "Wahrlich. Der Wald wimmelt nur so vor Tieren. Und die

Männer aus dem Dorf lieben die Jagd mehr als alles andere. Doch seit einiger Zeit verschwanden immer wieder Jäger im Wald. Niemand weiß, was ihnen zugestoßen ist. Sie kehrten einfach nicht zurück. Nun wagt sich niemand mehr hinein und darum gibt es hier auch kein Wildbret mehr." Doch Lutz erkannte die Gelegenheit, endlich Geld zu verdienen, und sagte: "Welch seltsame Dinge sich auch im Wald zutragen mögen - ich fürchte mich nicht davor. Wie wäre es, wenn ich euch einen Hirsch bringe, damit ihr eure Gäste wieder angemessen bewirten könnt?" Darauf der Wirt: "Das wäre zu schön. Wenn ihr mir einen Hirsch bringt, will ich euch das Doppelte vom üblichen Preis zahlen."

Lutz schlug ein und im Morgengrauen des nächsten Tages brach er auf in den Wald. Schon bald sah er in der Krone einer alten Linde einen Raben sitzen. Er zog einen Pfeil aus dem Köcher, legte ihn auf die Sehne seines Bogens – und schoss. Der Vogel fiel tot zu Boden und der junge Jäger freute sich:

"Endlich wieder auf der Jagd. Es gibt keine größere Freude, als dem Wild nachzustellen und es zur Strecke zu bringen. Diesen Pflückebeutel zu schießen war kurzweilig, doch ist mit ihm leider nichts anzufangen. Wenn ich zu Geld kommen will, muss ich den Hirsch erlegen, den ich dem Wirt versprochen habe." Also ließ er den toten Raben achtlos liegen und ging weiter. Nach einer Weile kreuzte ein Fuchs seinen Weg. Auch ihn erlegte er kurzerhand mit einem sicheren Schuss und wieder freute er sich über sein Jagdglück: "Das war schon besser als der Rabe. Doch habe ich keine Zeit, Meister Reineke abzubalgen. Ich will den Wirt nicht länger warten lassen als nötig." Und so schenkte er auch dem toten Fuchs keine weitere Beachtung und lief weiter. Immer wieder erlegte er kleinere Tiere, um sich die Zeit zu vertreiben, doch der erhoffte Hirsch ließ sich nicht blicken.

Als die Sonne bereits den Zenit überschritten hatte, stieß er schließlich auf eine kleine, windschiefe Holzhütte. Vor der Hütte stand ein alter, graubärtiger Mann, der trotz seiner zerlumpten, schmutzigen Kleider Stolz und Würde ausstrahlte. Als Lutz ihn grüßte, brummte der Alte ohne den Gruß zu erwidern: "An deinem Bogen sehe ich, dass du auf der Jagd bist. Hat man dir nicht gesagt, dass dieser Wald für Jäger gefährlich ist?" Darauf sprach Lutz: "Das hat man. Doch ich fürchte mich nicht. Die Menschen im Dorf gelüstet es nach Wildbret und ich werde es ihnen beschaffen. Die Jagd ist meine Passion und nichts Schöneres gibt es für mich." Darauf wurde der Alte zornig und fuhr den Jäger an: "Hättest du nur einen einzelnen Hirsch erlegt, um ihn zu essen, so hätte ich ihn dir zugestanden. Doch bist du wie die Jäger aus dem Dorf. Warum hast du den Raben, den Fuchs und all die anderen Tiere getötet, wenn du gar keine Verwendung für sie hast? Das, was du Jagdpassion nennst, ist in Wahrheit reine Mordlust. Du erfreust dich daran, Herr über Leben und Tod zu sein, und mordest diese bedauernswerten Geschöpfe Gottes ohne jeden Sinn." Lutz wunderte sich, dass der Alte alles wusste, was er auf seinem Weg erlebt hatte, und erwiderte: "Jetzt begreife ich. Ihr steckt hinter dem Verschwinden der Jäger. Was habt ihr mit ihnen angestellt? Redet, oder es geht euch schlecht." Doch der Bärtige lachte höhnisch und erwiderte: "Ich werde dir zeigen, was ich mit ihnen gemacht habe. Ihre eigene Medizin ließ ich sie schmecken und ebenso werde ich es nun mit dir tun." Lutz zog sein Messer und wollte den zornigen Mann zum Schweigen bringen, doch er kam nicht dazu. Blitzschnell hob der Alte beide Arme und sprach ein Wort in einer fremden Sprache. Der Jäger war sogleich wie gelähmt. Er konnte sich nicht mehr rühren und spürte, wie ihm die Sinne schwanden. Schließlich sank er bewusstlos zu Boden.

Als er erwachte, lag er noch immer an derselben Stelle. Er wusste nicht, wie viel Zeit vergangen war, und auch der Zauberer - denn genau das war dieser Mann - war nicht zu sehen. Lutz wollte nach ihm rufen, doch wie erschrak er: Aus seinem Mund drang nur ein unverständliches Blöken. So sehr er sich anstrengte: Er brachte kein menschliches Wort heraus. Er versuchte aufzustehen, doch gelang es ihm nicht, sich von allen vieren in den aufrechten Stand zu erheben. Als er an seinem Leib herabsah, begriff er endlich das Unbegreifliche: Er war kein Mensch mehr! Der Zauberer hatte ihn in einen Hirsch verwandelt. Verzweifelt sah er sich um und suchte nach dem Alten. Und der ließ nicht lange auf sich warten.

Einen mächtigen Rappen am Zügel führend schritt er hinter seiner Hütte hervor. Doch war er nicht mehr in sein schlichtes graues Gewand gekleidet, sondern in einen prächtig verzierten Jagdrock. Auf dem Rücken trug er einen Köcher mit Pfeilen und einen edlen Bogen aus Eibenholz. Mit sichtlicher Genugtuung sagte er: "Jetzt sollst du die Strafe für dein frevelhaftes Tun erfahren. Ich werde dich jagen, töten und deinen Leichnam den Aasfressern und dem Gewürm überlassen, so wie du es schon hundertfach tatest. Also lauf! Ich gebe dir einen Vorsprung, sonst hat es keinen Reiz."

Lutz zögerte keinen Augenblick. Er sprang los und lief um sein Leben. Dabei trugen ihn seine vier Beine so geschwind, als hätte er nie eine andere Gestalt gehabt. Er folgte seiner eigenen Spur, um aus dem Wald zu entkommen und das Dorf zu erreichen. Das war seine einzige Hoffnung.

Als er bereits einige Meilen zurückgelegt hatte und spürte, wie seine Kräfte nachließen, hörte er Hufschläge hinter sich, die immer näherkamen. Es musste der Zauberer sein. Bald war er schließlich so nahe, dass er sein Pferd anhielt, seinen Bogen spannte und schoss. Lutz hörte das Surren des Pfeils und schlug einen Haken, sodass das Geschoss ihn um Haaresbreite verfehlte und in einem Stamm stecken blieb. Sogleich ging die mörderische Hatz weiter und der Gejagte war bereits der Aufgabe nahe, als er in der Ferne nicht nur die untergehende Sonne durch die Bäume schimmern sah, sondern auch einige Häuser. Da fasste er neue Hoffnung: "Das Dorf! Wenn ich es bis dort schaffe, bin ich gerettet. Der rachsüchtige Alte wird es nicht wagen, den Wald zu verlassen und so sein Geheimnis preiszugeben." Er nahm seine letzten Kräfte zusammen und dann hatte er es tatsächlich geschafft: Schwankend und völlig außer Atem stürzte der Jäger in Hirschgestalt aus dem Wald hinaus. Er wandte sich um, um nach dem Zauberer zu sehen, und seine Hoffnung wurde bestätigt. Er erblickte den Alten weit hinter sich, wie er sein Pferd anhielt und umkehrte. Warum er dabei selbstzufrieden lachte, verstand Lutz nicht und es scherte ihn auch nicht weiter. Hauptsache, er war gerettet.

Da hörte er wieder das Surren eines Pfeils. Doch kam das Geräusch diesmal aus Richtung des Dorfes. Im nächsten Moment spürte er einen Schlag in der Brust. Tödlich getroffen sank er zu Boden. Das Letzte, was er sah und hörte, war der Dorfwirt. Mit einem Bogen in der Hand kam dieser angerannt und rief erfreut: "Welch ein Glück! Endlich hat sich ein Hirsch aus dem verfluchten Wald herausgewagt. Heute gibt es wieder Wildbret für alle!" Dann wich das Leben aus Lutz.

VII. Die Insel der Riesen

Es war einmal ein Fischer. Da ihm seit Längerem kaum noch Fische ins Netz gingen, wagte er sich Tag für Tag weiter hinaus auf die See in der Hoffnung auf einen guten Fang. Bald geriet er dabei in ein gewaltiges Unwetter. Ungezählte Tage und Nächte wurde sein kleines Boot wie ein Spielzeug von Sturm und Wellen umhergeworfen. Schließlich zerschellte es an einem Riff und der Fischer verlor das Bewusstsein.

Als er erwachte, wähnte er sich zunächst in einem Traum. Er lag an einem felsendurchsetzten Strand von feinem, weißem Sand, der gesäumt war von Bäumen, die ihm fremd waren. Die Luft war erfüllt vom Gesang unzähliger Vögel. Er fragte sich, wie lange er auf dem Meer getrieben sein musste, denn einen solchen Ort hatte er noch nie gesehen. Auch war es viel wärmer und die Luft war feuchter als daheim. Er erinnerte sich an Geschichten von fernen Inseln, die manch weit gereister Seemann erzählt hatte und die für ihn immer unglaublich geklungen hatten. Nur wenige Schritte vom Strand entfernt floss ein Bach und an den Bäumen wuchsen köstliche Früchte, sodass er Durst und Hunger mühelos stillen konnte. Nachdem er ein wenig ausgeruht hatte, dachte er: "Wahrlich ein paradiesischer Ort, doch ich muss zurück nach Hause. Mein Weib wird in größter Sorge sein." Der Fischer bestieg einen Hügel, um zu sehen, ob Menschen in der Nähe wären. Oben angelangt stellte er fest, dass er sich tatsächlich auf einer kleinen Insel befand. Umgeben von Strand war das Innere felsig und dicht bewaldet. Kein Dorf, nicht einmal ein einzelnes Haus konnte er entdecken. Er stieg wieder hinab, entzündete ein kleines Feuer und schlief vor Erschöpfung sofort ein.

Tief in der Nacht weckte ihn ein fernes Knacken und Krachen. Zunächst dachte der Fischer an ein großes Tier, doch dann hörte er auch Stimmen. Sofort löschte er das Feuer, um unbemerkt zu bleiben, bis er wissen würde, mit wem er es zu tun hatte. Da er aus der Ferne nicht verstehen konnte, was gesprochen wurde, kroch er, so geräuschlos er konnte, durch das dichte Unterholz den Stimmen entgegen.

Schließlich entdeckte er auf einer kleinen Lichtung ein Lagerfeuer. Er schlich sich bis auf wenige Schritte heran und staunte: Im flackernden Licht der Flammen erkannte er zwei gewaltige Riesen, mindestens doppelt so groß wie er selbst. Verwegen und wild sahen sie aus mit sonnenverbrannter Haut, verfilzten Bärten und schwarzen Augen. Sie waren nur mit Lendenschurzen bekleidet, die an der Vorderseite vollständig durch ihre herabhängenden, fetten, haarigen Bäuche verdeckt waren. Jeder von ihnen hielt an einem Spieß ein großes Stück Fleisch über die Flammen. Dann sprach der eine Riese zum anderen: "Wie das duftet. Ich glaube, es ist gar." Dann bissen beide in die mächtigen Fleischbrocken und kauten und schmatzten, bis bald nur noch die Knochen übrig waren.

Verängstigt von der riesenhaften Gestalt der Inselbewohner gab der Fischer keinen Laut von sich. Er fragte sich, welche Art von Fleisch die Riesen aßen. So dick, wie die Knochen waren, musste es von einem großen Tier, vielleicht einem Schwein, stammen. Doch sollte es die auf solch einer kleinen Insel geben? Einen Stall oder eine Weide hatte er vom Hügel aus jedenfalls nicht gesehen.

Als die Riesen alles aufgegessen hatten, sagte der eine: "Das war der Rest. Wer weiß, wann sich wieder einer zu uns verirrt. Bis dahin müssen wir uns mit Fischen und Vögeln begnügen. Dabei geht nichts über den Genuss von frischem Menschenfleisch." Der andere erwiderte: "Und hoffentlich bleibt beim nächsten Schiffbrüchigen sein Boot ganz. Dann könnten wir endlich diese trostlose Insel verlassen." Da verstand der Fischer: "Diese Riesen sind Menschenfresser. Das Fleisch war von irgendeinem armen Teufel, dessen Boot hier genauso am Riff zerschellt ist wie meines.

Ich muss fort von dieser Insel, bevor die Bestien mich entdecken."

Bald löschten die Riesen ihr Feuer und verschwanden in einer Höhle. Als der Fischer sie endlich aus der Tiefe schnarchen hörte, schlich er davon und legte sich gut versteckt in dichtem Buschwerk schlafen.

Am nächsten Morgen begann er, Holz zu sammeln, um ein Floß zu bauen. Äußerst vorsichtig ging er dabei vor, um unbemerkt zu bleiben. Doch es kam, wie es kommen musste: Im Wald gab plötzlich der Boden unter ihm nach und er stürzte unsanft in eine Grube. Er hatte keinen Zweifel, dass dies eine Falle der Riesen war. Doch so sehr er sich anstrengte: Er konnte nicht herausklettern. Schließlich kamen die grausamen Kerle und groß war ihre Freude. Der eine sprach zum anderen: "Sieh dir das an. So schnellen Nachschub gab es noch nie. Schon heute Abend gibt es das nächste Festmahl." Dann fesselten sie den Fischer und brachten ihn zu ihrem Lager. Der eine befahl: "Bevor wir dich fressen, sag` uns, wo dein Boot ist." Darauf erwiderte der Mann: "Mein Boot wurde in der Brandung gegen das Riff geschmettert. Nichts ist mehr von ihm übrig. Doch verratet mir doch, wie ihr hierher geraten seid. Habt auch ihr Schiffbruch erlitten?" Der andere Riese antwortete: "Zwar geht es dich nichts an, aber da dies deine letzten Stunden sind, will ich es dir erklären: Einst lebten wir in einem Land, weit entfernt von hier. Dort gab es Menschenfleisch für uns in Hülle und Fülle. Doch unserem Vater, der dort König ist, gefiel unsere ungewöhnliche Neigung nicht. Durch eine List wurden wir überwältigt, auf ein Schiff gebracht und nach langer Fahrt hier ausgesetzt. Nun warten wir seit vielen Jahren, dass sich jemand mit einem Boot hierher verirrt, damit wir heimkehren und uns rächen können."

Da kam dem Fischer eine Idee. Er fragte: "Und warum baut ihr euch kein Floß?" Darauf der Menschenfresser: "Wir wissen weder, wie man ein solches Gefährt baut, noch wie man es steuert." Auf diese Antwort hatte der Schiffbrüchige gehofft. "Nun, ich verstehe mich sehr gut auf beides. Wenn ihr gelobt, mich zu verschonen, will ich euch von dieser Insel bringen. Mit eurer Kraft und meinen Kenntnissen ist das Floß in kürzester Zeit gebaut." Murrend willigten die Riesen ein. Sie banden den Fischer los und der wies sie an, Holzstämme aus dem Wald heranzuschaffen.

Als die Unholde sich nach einigen arbeitsreichen Stunden stärken wollten, begab sich einer von ihnen an den Strand, um mit einem Speer zu fischen. Dabei watete er so weit ins Meer hinaus, dass er den Grund unter den Füßen verlor. Doch anstatt einfach zurückzuschwimmen, schrie er zum Erstaunen des Fischers verzweifelt um Hilfe. Da fuhr der andere Riese den Gefangenen an: "Hilf ihm! Wir können nicht schwimmen!" Der Fischer griff nach einem großen Stück Holz und schwamm damit hinaus, sodass der Riese sich daran festhalten konnte. Dann zog er ihn mühsam zurück zum Strand. Als sie endlich wieder auf dem Trockenen waren, spie der Gerettete das geschluckte Wasser aus und zitterte vor Angst. Der Fischer dachte im Stillen: "Sieh` an, sieh` an. Solche gewaltigen Burschen. Und doch können sie nicht schwimmen. Vielleicht wird mir das noch nützlich sein."

Bald hatten sie genügend Stämme herbeigebracht und der Fischer verband diese mit einem Seil, das er aus Ranken geflochten hatte. Dabei sorgte er – ohne dass die Menschenfresser es bemerkten – dafür, dass nur ein einziger Knoten das ganze Floß zusammenhielt. Als Segel diente eine zerschlissene Decke, die die Riesen irgendwann am Strand gefunden hatten. Es war bereits Abend, als das Floß fertiggestellt war, sodass sie beschlossen, erst am nächsten Morgen in See zu stechen.

In der Nacht, als die Riesen ihren Gefangenen schlafend glaubten, raunte der eine: "So eine Schinderei. Ganz allein hat er uns die schweren Stämme schleppen lassen. Dafür wird er büßen." Darauf der andere: "Denk´ daran, dass wir ihn noch brauchen. Wir sind keine

Seeleute. Ohne ihn werden wir mit einem einfachen Floß nie das Festland erreichen. Sobald wir wieder festen Boden unter den Füßen haben, werden wir ihn schlachten und uns an seinem Fleisch schadlos halten." Darauf lachten beide und schliefen schließlich selbstzufrieden ein." Doch der Fischer hatte alles gehört und war gewarnt.

Mit den ersten Sonnenstrahlen brachen sie auf. Und ohne Zwischenfälle erblickten sie dank der Segelkünste ihres Gefangenen schon nach wenigen Tagen eine Küste. Groß war die Freude der Riesen, die es kaum erwarten konnten, dem Meer den Rücken zu kehren. Als sie weniger als eine Meile vom Ufer entfernt waren, fragte der Fischer: "Sagt, steht ihr wirklich zu eurem Wort, mich zu verschonen?" Darauf erwiderte der eine Menschenfresser: "Jetzt, da wir so gut wie an Land sind, will ich es dir sagen. Das Wort, dass wir einem Menschen geben, gilt uns nichts. Du bist nur ein Stück Fleisch für uns, so wie für dich ein Schwein oder ein Rindvieh. Du darfst mit uns unsere Rückkehr feiern - als Festbraten." Dann fielen sie in schreckliches Gelächter." Doch noch ehe sie begriffen, was geschah, löste der Fischer mit einem einzigen geschickten Handgriff den einen Knoten, der das Floß zusammenhielt. Sofort entglitten die einzelnen Stämme in alle Richtungen und die drei fielen ins Wasser. Doch während der Fischer ein geübter Schwimmer war, klammerten sich die Riesen in Todesangst aneinander und planschten und strampelten kopflos um ihr Leben. Auch wenn die Reste des Floßes gar nicht weit entfernt von ihnen trieben, waren sie für die hilflosen Unholde doch unerreichbar. "Rette uns, wir wollen dich auch verschonen!", flehten sie. Der Fischer aber erwiderte: "Haltet ihr mich für so einfältig? Ihr selbst habt gesagt, dass euer Wort nichts gilt. Nun erfahrt ihr die Vergeltung für all die armen Seeleute, die ihr gemordet und gefressen habt. Erwartet kein Mitleid." Dann sah er zu, wie die Riesen immer mehr Wasser verschluckten und schließlich gurgelnd in den Wellen versanken. Erleichtert schwamm der Fischer an Land. Dort fand er bald ein Schiff, das ihn in seine Heimat mitnahm, wo seine Frau ihn überglücklich in die Arme schloss.

VIII. Engelblond

In einem längst vergessenen Land herrschte vor Zeiten eine Königin, die hatte zwei Töchter. Die Mädchen waren Zwillinge und glichen sich fast wie ein Ei dem anderen. Nur an ihrem Haar vermochte man sie zu unterscheiden. Das des einen Kindes war pechschwarz. Darum nannte es jeder die Schwarze Marie. Das andere Mädchen aber hatte so strahlend blondes Haar, dass es aussah wie ein Engel. Und daher rief jeder im Lande das Kind Engelblond.

Als die Schwestern fünf Jahre alt waren, fiel der König in einer Schlacht. Fortan musste die Königin nicht nur das Reich allein regieren, sondern auch die Zwillinge ohne ihren Vater aufziehen. Dabei wurde von Jahr zu Jahr offenbarer, dass die Prinzessinnen, so sehr sie sich in ihrem Äußeren ähnelten, ganz unterschiedlichen Wesens waren. Während die Schwarze Marie zunehmend hochmütig und boshaft wurde, war Engelblond bescheiden und freundlich auch zu den Niedrigsten im Volke. Daher wurde sie im ganzen Reich geliebt und verehrt, während man ihrer Schwester mit Unbehagen begegnete. Und alle Untertanen beteten, dass eines Tages nicht Marie, sondern Engelblond ihrer Mutter auf den Thron folgen würde. Der Königin war dies nicht entgangen und auch sie sah in dem gütigen Kind die spätere Thronfolgerin. Doch sprach sie dies nie aus, um die Mädchen nicht zu entzweien. Denn trotz ihrer unterschiedlichen Natur waren die Kinder unzertrennlich und verbrachten fast jede Minute miteinander.

So kam es, dass sie, als sie dreizehn Jahre alt waren, wieder einmal gemeinsam ausritten. Ihr Ausflug führte sie tief in den Reichsforst, den sie so liebten. Doch blieben sie länger fort als sonst und als es schon dunkel wurde, wartete die Königin auf ihrem Balkon und blickte sorgenvoll zum Waldrand. Gerade als sie Soldaten aussenden wollte, um nach den Mädchen zu suchen, hörte sie endlich aus der

Ferne Hufschläge. Wenige Augenblicke später kamen zwei Pferde aus dem Wald. Es waren der Rappen Maries und der Schimmel Engelblonds. Während man jedoch auf dem weißen Ross das goldene Haar seiner Reiterin schon von weitem wehen sah, war der Sattel des schwarzen Pferdes leer. Die Königin eilte der Prinzessin entgegen. „Engelblond, wo ist deine Schwester?“, fragte sie. In Tränen aufgelöst warf sich das Mädchen in ihre Arme. „Mutter, Schreckliches ist geschehen. Als wir an der Schlucht entlang ritten, scheute plötzlich Maries Pferd vor einer Kreuzotter und warf sie ab. Sie stürzte die Böschung hinunter in den Fluss. Sie wurde sogleich von dem wilden Wasser hinfort gerissen und bald war sie nicht mehr zu sehen.“

Tagelang suchten die Soldaten der Königin an den Ufern und selbst auf dem Grunde des Flusses nach dem Mädchen. Doch vergebens. Schließlich musste man ohne Leichnam und Begräbnis Abschied von der Schwarzen Marie nehmen. Viele Monate trauerten die Königin und Engelblond um die verlorene Prinzessin. Im Volke indes machte sich insgeheim auch Erleichterung breit, dass eines Tages die gutherzige Engelblond den Thron besteigen würde und nicht ihre garstige Schwester.

Die Jahre gingen ins Land und Engelblond wuchs zu einer jungen Frau heran. Doch mit zunehmendem Alter veränderte sich ihr Gemüt. Ihre gutmütige Art wich zusehends einer Kälte und Bosheit, die man bisher nur von ihrer Schwester gekannt hatte. Immer häufiger zog sie sich tagelang in ihre Gemächer im höchsten Turm des Schlosses zurück und ließ niemanden ein, auch ihre Mutter nicht. Die war zunehmend in Sorge, ob Engelblond dem Volk eine gute und gerechte Herrscherin sein könne, wenn eines Tages ihre Zeit kommen würde.

Über Engelblonds Lerneifer jedoch gab es keinen Anlass zur Klage. Wann immer es möglich war, begleitete die Prinzessin ihre Mutter bei den Amtsgeschäften und erwies sich als überaus gelehrige Schülerin. Und so sprach sie eines Tages: „Verehrte Mutter. Ich bin nun zwanzig Jahre alt und weiß alles, was nötig ist, um das Reich zu regieren. Und du hast dir weniger arbeitsame Zeiten wohlverdient. Willst du nicht die Krone an mich weitergeben?“ Darauf antwortete die Königin: „Mein Kind, du hast viel über das Regieren gelernt. Doch eines fehlt dir: das Herz für die Menschen. Als du noch ein kleines Mädchen warst, warst du gütig und wolltest für jeden im Reich das Beste. Und das ist einer Herrscherin wichtigste Eigenschaft. Viel wichtiger als jedes Wissen. Doch ist dir dieses Herz über die Jahre abhandengekommen. Sei es aus Gram über den Tod deiner Schwester oder aus Gründen, die mir unbekannt sind. Täglich bete ich, dass du deinen einstigen Großmut wiederfinden mögest. Bis zu diesem Tage aber werde ich selbst Königin bleiben."

Nie hatte die Mutter Engelblond derart zornig gesehen. Schäumend vor Wut wandte sich die Prinzessin wortlos ab und schloss sich wie so oft in ihren Gemächern im Turm ein.

Nachdem sie diese bereits zwei Tage nicht mehr verlassen hatte, plagte die Königin ihr Gewissen. Sie dachte bei sich: „Vielleicht war ich zu streng mit ihr. War sie nicht tatsächlich immer eine aufmerksame Schülerin? Und welch schweres Schicksal hat sie als Kind erleiden müssen, als sie erst ihren Vater verlor und später hilflos ihre Schwester Marie sterben sah? Wird sie in ihrer Enttäuschung gar Hand an sich legen? Es bräche mir das Herz, würde ich auch noch mein zweites Kind verlieren." Von dieser Sorge getrieben, wollte sie unbedingt in die Gemächer der Prinzessin, um das Schlimmste zu verhindern. Mit ihrer Haarnadel gelang es ihr, das Schloss der schweren Eichentür zu öffnen, und vor ihr tat sich der lange fensterlose Gang auf, der zu Engelblonds Schlafzimmer führte.

Kein Tageslicht drang hierher und die wenigen brennenden Wandlüster erzeugten gerade genug Licht, dass sie nicht stolperte. Als sie sich dem Schlafraum der Prinzessin näherte, hörte sie deren Stimme. Doch klang sie nicht verzweifelt oder enttäuscht. Nein, voller Hass war sie. Laut fluchte die Königstochter: "Wie kann dieses unverschämte Weib es wagen? Alles habe ich getan, um mich des Thrones würdig zu erweisen. Meine Geduld ist am Ende. So wie ich mich meiner einfältigen Schwester entledigte, so muss nun auch Mutter sterben. Schon morgen soll sie die Sonne nicht mehr aufgehen sehen." Die Königin war entsetzt. Hatte Engelblond tatsächlich ihre Zwillingsschwester Marie ermordet? Eilig machte sie kehrt, um die Gemächer der Prinzessin zu verlassen.

Als sie aber schon fast am Ende des Gangs angelangt war, bemerkte sie im Vorübergehen, dass die Tür des Ankleidezimmers nicht ganz verschlossen war. Durch den Spalt erblickte sie neben einem großen Fenster den Frisiertisch ihrer Tochter. Darauf lag etwas golden Schimmerndes, das aussah wie ein Haarschopf. Neugierig trat die Mutter ein. Als sie an dem Tisch angelangt war, erkannte sie, dass es sich um eine Perücke handelte, so strahlend wie

Engelblonds Haar. „Wozu braucht das Mädchen so etwas? Ihr natürliches Haar ist doch ebenso schön wie dieses“, fragte sie sich. Sie nahm sie in ihre Hände und betrachtete sie. Und dann blieb der Frau vor Entsetzen fast das Herz stehen. Auch die Königin besaß Perücken, doch diese hier war anders. Die Haare wurden von einer ausgefransten, vertrockneten und blutverschmierten Haut zusammengehalten. Und endlich erkannte sie die schreckliche Wahrheit. So schnell wie möglich wollte sie aus dem Turm fliehen. Als sie sich aber zum Ausgang wandte, erstarrte sie: Sie blickte in die kalten Augen eines vertrauten Gesichts. Es war ein Mädchen, das Engelblond in jeder Hinsicht glich - bis auf die pechschwarzen, kurz geschorenen Haare. Es war die Schwarze Marie! Böse triumphierend sah sie ihre Mutter an und sprach: „Nun weißt du es also. Früh habe ich begriffen, dass ich nur Königin werden kann, wenn Engelblond, die du immer bevorzugtest, tot sein würde. Und als ihr Zwilling war es mir ein Leichtes, ihren Platz einzunehmen. Nur ihr Haar brauchte ich dazu. Den Rest von ihr habe ich im Wald verscharrt. Jetzt stehst nur noch du mir im Wege.“

Langsam, aber zum Schlimmsten entschlossen ging sie auf ihre Mutter zu. Die wich furchterfüllt Schritt für Schritt zurück und bemerkte nicht, dass sie dem großen Fenster immer näherkam. Als sie dort angelangt war, versetzte Marie ihr einen kräftigen Stoß und die Königin stürzte schreiend in die Tiefe, wo ihr Leib vor den Augen der Wachen zerbarst.

Es folgten einige Wochen der Trauer. Dann wurde das Volk vor dem Schloss zusammengerufen, denn es gab Feierliches zu verkünden. Der königliche Herold rief: "Bürger! Nach dem schrecklichen Unfall unserer geliebten Majestät geben wir heute ihre Thronfolgerin bekannt: Hoch lebe Königin Engelblond!"

Dann setzte sich die neue Herrscherin die Krone in ihr goldenes Haar und regierte viele lange Jahre grausam und ohne Mitgefühl.

IX. Der Weg zum Reichtum

Vor langer Zeit gab es ein Mädchen, das hörte auf den Namen Anna. Da ihre Mutter bei ihrer Geburt gestorben war, lebte sie allein mit ihrem Vater in größter Armut in einer kleinen Hütte. Oft reichte das karge Einkommen, das er als Tagelöhner heimbrachte, nicht einmal, um satt zu werden. Doch es kam noch schlimmer: Als Anna fünfzehn Jahre alt war, stürzte der glücklose Mann bei der Feldarbeit in eine Sense, sodass er an Ort und Stelle verblutete. Von nun an war das Mädchen ganz auf sich allein gestellt. Doch statt sich seinem Schicksal zu ergeben, beschloss das tapfere Kind, dem Elend um jeden Preis zu entkommen und zu Glück und Wohlstand zu gelangen. Zum Vorteil gereichte Anna dabei, dass sie unglaublich schön war. Und ihr war nicht entgangen, dass sie schon seit einiger Zeit das Interesse eines jungen Bauern geweckt hatte. Auch wenn sie ihm in Wahrheit nicht sehr zugetan war, ließ sie keine Gelegenheit aus, ihm schöne Augen zu machen. So hatte sie ihr Ziel bald erreicht und wurde seine Frau. Nun war sie kein armes Mädchen mehr, sondern eine im Dorf angesehene Bäuerin.

Doch ihre Zufriedenheit währte nicht lange. Sie dachte: "Auch wenn es mir jetzt besser geht als zu Vaters Zeiten – auf die Dauer ist mir die Arbeit als Bäuerin zu hart, das Geld zu wenig und dieser gewöhnliche Bauer wird mir mehr und mehr zuwider. Etwas Besseres muss her." Nach diesem Entschluss ging sie in den Wald, um wie so oft Pilze zu sammeln. Doch mischte sie dieses Mal einige der tödlichen Knollenblätterpilze darunter und bereitete abends daraus eine Suppe, die sie ihrem Gatten auftischte. Noch in derselben Nacht klagte er über Schmerzen, die immer schlimmer wurden. Der herbeigerufene Arzt war ratlos und so musste der arme Mann tagelang schrecklichste Qualen erleiden, bis ihn schließlich der Tod erlöste.

Nun gehörte der Hof Anna ganz allein. Doch schon grübelte sie, wie sie zu größerem Reichtum gelangen und sich endlich auch der schweren Arbeit entledigen könnte. Und so beschloss sie, die Frau des reichsten Mannes der Gegend, eines Grafen, zu werden. Zwar wusste sie, dass er glücklich verheiratet war. Sie wusste aber auch, dass seine Gemahlin gern ausgiebige Waldspaziergänge ohne Begleitung unternahm. Bald lauerte sie ihr dort auf und erschlug sie hinterrücks mit einem Stein. Den Leichnam der Unglücklichen legte sie dann in einer Weise zurecht, dass es aussah, als sei sie gestürzt. Niemand ahnte etwas von Annas schändlicher Tat und nach einigen Monaten gelang es ihr, die Aufmerksamkeit des Grafen zu gewinnen und ihn zu umgarnen, bis er sie schließlich zur Frau nahm. Nun hatte sie ihren Traum wahr gemacht: Sie war die reichste Frau weit und breit und als Gräfin musste sie nicht mehr arbeiten, sondern konnte sich bedienen lassen. Und tatsächlich war sie eine Zeit lang glücklich und genoss ihr Leben.

Eines Tages aber kam ein fremder Jüngling an den Hof. Seine Kleidung war zerrissen und er war verwundet. Er stellte sich Anna und dem

Grafen als Prinz eines fernen Landes vor. Man habe ihn entführt und in diese Gegend verschleppt und nur durch glückliche Fügung und nach erbittertem Kampf sei ihm die Flucht gelungen. Die Verbrecher hätten ihm alles genommen bis auf seine kostbare Goldkette. Die habe er vor ihnen verbergen können. Als der Graf und die Gräfin das kunstvoll geschmiedete, schwere Schmuckstück sahen, wussten sie, dass sie einen Mann von edelster Herkunft vor sich haben müssten. Sie nahmen den Prinzen bei sich auf, damit er seine Verletzungen auskurieren könne. Und wenn es ihm besser gehen würde, wollte der Graf ihm helfen, in seine Heimat zurück zu gelangen.

Anna interessierte sich sehr für den Prinzen und seine Herkunft und so fragte sie ihn bei jeder Gelegenheit aus. Der Edelmann berichtete von einem unermesslich großen Reich und einem Schloss, das seinesgleichen suche. Als sie das hörte, dachte die Frau: "Das wäre ein rechter Gemahl. Aber erst muss ich den alten, fetten Grafen loswerden. Er soll die gleiche Suppe kosten wie einst der dumme Bauer." Und so servierte sie bald auch ihm das tödliche Pilzgericht, worauf er innerhalb weniger Tage ein leidvolles Ende fand. Nun gehörte Anna ganz allein das gräfliche Vermögen mit allen Ländereien.

Doch war ihr selbst dieser Reichtum nicht genug. Sie wollte das Reich und die Schätze des Prinzen besitzen. Und dank ihrer Verführungskunst und ihrer Schönheit dauerte es nicht lange, bis auch der sie um ihr Jawort bat. Sie willigte ein und konnte es nicht erwarten, ihn in seine Heimat zu begleiten und den unermesslichen Reichtum mit eigenen Augen zu sehen. Doch der junge Prinz sprach zu ihr: "Liebste Anna. Bitte lasse uns noch hier an deinem Hofe die Hochzeit feiern. Mein Vater, der König, hat bereits eine andere Braut für mich ausgewählt. Darum möchte ich ihn vor vollendete Tatsachen stellen, wenn wir dort eintreffen." Zunächst war Anna enttäuscht, doch dann dachte sie: "Eigentlich kommt mir das gelegen. Wer weiß, was auf der langen Reise passieren wird. Im schlimmsten Falle kommt er zu Tode. Wenn ich dann noch nicht seine Gemahlin bin, gehe ich leer aus." Sie entgegnete ihm: "Zwar betrübt es mich, die Hochzeit in diesem kleinen, deiner edlen Herkunft unwürdigen Hause zu halten, doch verstehe ich deine Gründe. Also sei es, wie du wünschst."

Und so wurde kurz darauf geheiratet. Nach einem berauschenden Fest begab sich Anna mit dem Prinzen schließlich in das gemeinsame Schlafgemach, wo er ihr zur Feier des Tages noch ein Glas Wein reichte, welches sie genüsslich austrank. Sie war überglücklich, dass sie endlich einen Gemahl gefunden hatte, der ihr grenzenlosen Reichtum und größte Macht verschaffen würde, und fragte ungeduldig: "Nun, lieber Gemahl, ist es unwiderruflich. Wir sind Mann und Frau. Wann wollen wir in unser Reich aufbrechen? Ich kann es kaum erwarten."

Doch der Prinz schwieg und sah sie in kalter Erwartung an. Plötzlich fühlte sich Anna, als gefriere ihr das Blut in den Adern. Sie war kaum noch in der Lage, sich zu bewegen. Auch das Atmen fiel ihr immer schwerer. Verzweifelt um Luft ringend sah sie den Prinzen hilfesuchend an. Der lächelte und sprach: "Dieses Glas Wein war dein Todesurteil, liebste Gemahlin. Wie dumm du bist in deiner Gier. Dieser schöne gräfliche Hof war allein dein. Warum konntest du nicht damit zufrieden sein? Stattdessen wolltest du auch noch ein Königreich." "Ich verstehe nicht ...", erwiderte Anna kaum noch hörbar. Darauf erklärte er: "Ich bin genauso wenig edler Herkunft wie du. Bis zu unserer Hochzeit besaß ich nichts bis auf diese Goldkette, die ich einem Adelsherrn abnahm, nachdem ich ihn ermordet hatte. Die Kette genügte, um dich Unersättliche zu blenden. Nun gehört mir der Reichtum, den du zuvor ebenso unredlich vom Grafen erlangtest. Doch anders als du bin ich damit zufrieden." Anna wollte ihren Mörder verfluchen, doch brachte sie kein Wort mehr heraus. Langsam und qualvoll erstickte sie. Der falsche Prinz aber erklärte dem Arzt, dass Annas Herz aus Glück über ihre Liebe einfach stehen geblieben sei, und genoss fortan ein vergnügtes Leben auf dem gräflichen Gut.

X. Das Zauberkraut

Vor Zeiten lebte ein Bauer mit dem Namen Hans. Frau und Kinder ernährte er mehr schlecht als recht von den bescheidenen Erträgen seines kleinen Hofes. Eines Tages wurde die Bäuerin schwer krank und fiel in einen tiefen Schlaf, aus dem niemand sie zu erwecken vermochte. Verzweifelt begab sich Hans zu einem alten Kräuterweib, von dem die Leute erzählten, es sei der Heilkunst mächtig. Er sprach: "Meine Frau liegt im Todesschlaf. Ich flehe euch an. Helft ihr gesund zu werden." Die Alte antwortete: "Es ist wahr, dass ich mich auf das Heilen vieler Krankheiten verstehe. Doch einen Menschen dem Tode zu entreißen, das vermag nur Zauberei. Ich kann dir nicht helfen." Jeder Hoffnung beraubt, ließ Hans sein Haupt sinken und wollte sich auf den Heimweg machen. Da sagte das Kräuterweib: "Bauer, du tust mir leid. Wenn ich dir auch nicht selbst helfen kann, so will ich dir wenigstens einen Rat geben. Denn vielleicht gibt es doch einen Weg, deine Frau zu heilen.

Aber er ist sehr gefährlich." "Ich bin zu allem bereit", erwiderte der Bauer. Darauf entgegnete sie: "Fern von hier gibt es einen Berg. Auf dessen Gipfel soll ein Zauberkraut wachsen, das jede Krankheit heilt. Doch muss ich dich warnen: Viele schon haben versucht, es zu erlangen und nie kamen sie wieder vom Berg hinab. Niemand weiß, was ihnen dort widerfahren ist und ob es die Pflanze tatsächlich gibt." "Es ist meine einzige Hoffnung. Bitte sagt mir, wie ich zu dem Berg gelange", bat Hans. Und das Kräuterweib erklärte: "Gehe zehn Tage in nördliche Richtung. Dann wirst du den Berg sehen. Du kannst ihn nicht verwechseln. Er ist der höchste aller Berge, die du dort finden wirst. Sein Gipfel ist stets von Wolken umhüllt." Der Bauer wollte sich bedanken, doch die Frau unterbrach ihn und sprach betrübt: "Bedanke dich nicht. Es ist wahrscheinlich, dass du dort nichts finden wirst als den Tod." Doch Hans war fest entschlossen. Im Morgengrauen des nächsten Tages verabschiedete er sich von seinen Kindern, küsste seine geliebte Frau auf die Stirn und brach auf.

Und es kam, wie die Alte gesagt hatte: Nachdem er zehn Tage gegangen war, erblickte er den Berg. Noch viel größer und furchterregender als er erwartet hatte. Am Fuße dicht bewaldet und sanft ansteigend wurde er mit zunehmender Höhe immer karger und steiler. Der Gipfel schließlich verschwand in den Wolken. Doch machte sich der Bauer ohne Verzagen an den Aufstieg.

Als er bereits tief im Wald war, kam er an eine Hütte. Davor saß ein kleines, altes Männlein und rauchte Pfeife. Hans sprach es an: "Guten Tag. Ich muss auf den Gipfel. Könnt ihr mir den kürzesten Weg zeigen?" Das Männlein antwortete freundlich: "Das kann ich. Doch setzt euch erst ein Weilchen zu mir. Ihr seht hungrig und durstig aus." Nach dem langen Marsch war ihm die Stärkung willkommen und das Männlein tischte ihm Brot, Käse und Wein auf. Als Hans satt war, sagte er: "Habt Dank für eure Gastfreundschaft. Nun bin ich wieder bei Kräften für den Aufstieg zum Gipfel. Man sagt, dort wachse ein Zauberkraut. Das brauche ich, um meine sterbenskranke Frau zu retten." Mit besorgter Miene antwortete das Männlein: "Die besagte Pflanze gibt es tatsächlich dort. Doch lebt da auch ein mächtiger Zauberer, der unerbittlich darüber wacht." Erleichtert, dass die Erzählungen über das Kraut wahr waren, entgegnete Hans: „Ich werde den Hüter des Berges um ein wenig davon bitten. Wenn ich ihm von der Not meines Weibes berichte, wird er gewiss Mitleid haben.“ Darauf zeigte das Männlein ihm einen verborgenen Pfad, der bis zum Gipfel führen sollte. Der Bauer machte sich auf und nach einiger Zeit hatte er den Wald hinter sich gelassen. Nur noch Felsen und Latschengebüsch säumten seinen Weg und der Nebel wurde immer dichter, sodass er bald kaum mehr zu sehen vermochte, wohin er trat.

"Halt! Wer da?", rief plötzlich eine strenge Stimme. Im nächsten Augenblick tauchte eine riesenhafte Gestalt aus dem Nebel auf. Es war ein großgewachsener Mann, gekleidet in einen langen, schwarzen Mantel, der bis zum Boden reichte und mit rätselhaften Zeichen bestickt war. Auf dem Haupt trug er einen reich verzierten, spitzen Hut, welcher ihn noch größer erscheinen ließ. Es gab keinen Zweifel: Das musste der Zauberer sein! Der Bauer fasste sich ein Herz und trug sein Ansinnen vor: "Verzeiht, Herr, dass ich euren Gipfel bestiegen habe. Doch ich komme in größter Verzweiflung. Meine Frau ist todkrank und es heißt, bei euch wachse ein Kraut, das sie retten kann. Bitte überlasst mir etwas davon." Der Wächter des Berges lachte furchterregend: "Glaubst du, du seist der Erste mit diesem Wunsch? Schon viele vor dir waren hier und alle fanden den Tod." "Habt ihr sie getötet? Warum?", fragte Hans. Darauf antwortete der Zauberer: "Dieses Kraut ist von großer Magie und einzigartig in dieser Welt. Es vermag weit mehr, als nur zu heilen. In den falschen Händen kann es Tod und Verderben anrichten. Nur wer beweist, dass er reinen Herzens ist, darf davon nehmen. Doch alle scheiterten daran. Dies ist deine letzte Gelegenheit zur Umkehr." "Ich will mich würdig erweisen. Sagt mir nur wie", erwiderte der Bauer unbeirrt. "Drei Prüfungen gilt es zu bestehen. Gelingt es dir, sollst du genug von dem Kraut bekommen, um deine Frau zu retten. Gelingt es aber nicht, bist du unweigerlich des Todes."

Aber Hans ließ sich nicht von seinem Vorhaben abbringen und so begann der Zauberer mit der ersten Aufgabe: "Hier siehst du einen Himbeerstrauch. Tausend Früchte trägt er. Doch sind sie alle giftig bis auf eine einzige. Wähle eine Beere aus und iss sie." Dem Bauern stockte der Atem und er dachte: "So endet es wohl schon mit der ersten Prüfung. Aber es gibt kein Zurück mehr." Beherzt pflückte er eine der Früchte und aß sie. Dann wartete er unter den gespannten Augen des Zauberers auf die tödliche Wirkung des Giftes. Doch nichts geschah. Nach einer Weile sprach der Wächter des Berges ohne Gefühlsregung: "Du hast die erste Prüfung bestanden.

Kommen wir zur zweiten." Hans konnte es nicht fassen: "Eine aus tausend. Welch unfassbares Glück."

Ohne Verzug wurde die zweite Aufgabe gestellt: "Am Fuß des Berges befindet sich eine tiefe Schlucht. Vor langer Zeit ist mir durch ein Missgeschick ein Beutel mit hundert Goldstücken hineingefallen. Ich bin zu alt und ungelenk, um dort hinabzusteigen. Bringe mir den Beutel. Und wehe dir, es fehlt nur eine Münze." "Das ist leicht. Klettern kann ich", sagte Hans erleichtert und brach sogleich auf. Als er an die Schlucht kam, sah er, wie steil und tief sie wirklich war. Dennoch machte er sich an den halsbrecherischen Abstieg. Die Felswand war feucht und glitschig und seine Hände vermochten oft nur mühsam Halt zu finden. Einmal rutschte er mehrere Klafter in die Tiefe, bevor er gerade noch einen Strauch zu fassen bekam. Erschöpft und zerschunden erreichte er schließlich den Grund der Schlucht. Er blickte sich um und siehe da: Auf einem kleinen Felsvorsprung lag ein lederner

Beutel. "So ein Glück. Das muss das Gold sein. Hoffentlich ist es noch vollzählig. Fehlt nur ein Goldstück, war alles vergebens." Der Bauer schüttete die Münzen aus, um sie zu zählen. "... 97, 98, 99, 100, 101. Nanu! Es ist sogar eine mehr, als der Zauberer sagte." Und er kam ins Grübeln: "Wenn ich die überzählige Münze an mich nähme, würde er es gar nicht merken. Glaubt er doch, es seien nur hundert. Damit könnte ich uns eine Kuh kaufen. Wir hätten immer genug Milch, Butter, Käse. Welch herrliches Leben das doch wäre. Doch halt: Egal, wie reich der Hüter des Krautes ist und wie arm ich bin: Das Gold ist sein und ich täte unrecht. Mein Lebtag würde mir das schlechte Gewissen den Schlaf rauben." Und so füllte er alle Münzen wieder in den Beutel und stieg wieder hinauf. Entkräftet aber wohlbehalten kehrte er zum Zauberer zurück. "Hier ist euer Gold", sagte er. "Es sind übrigens hundertundein Goldstücke, nicht nur hundert." Wieder verzog der riesige Mann keine Miene und nahm den Beutel wortlos und ohne die Münzen zu zählen, entgegen.

"Nun gut, Bauer", knurrte er, "so will ich dir nun deine letzte Aufgabe auftragen: Unten im Wald am Fuß des Berges lebt ein kleines Männlein, das ich nicht leiden kann. Nimm dieses Schwert, schlage ihm den Kopf ab und bringe ihn mir. Dann bekommst du so viel von dem Zauberkraut, wie du benötigst." Hans schluckte. Das musste das alte Männlein sein, das ihn so freundlich bewirtet und ihm den Weg zum Gipfel gewiesen hatte.

Doch in seiner Not nahm er das Schwert und ging hinab in den Wald. Als er die Hütte erreichte, stand der kleine Mann bereits lächelnd vor der Tür und begrüßte ihn: "Welche Freude, euch lebend wiederzusehen. Ich fürchtete, der Zauberer hätte euch den Garaus gemacht. Kommt herein und erzählt mir, wie es euch ergangen ist." Mit finsterem Blick entgegnete Hans: "Ich verdiene eure Freundlichkeit nicht. Es zerreißt mir das Herz, doch wenn ich meine geliebte Frau retten will, bleibt mir keine Wahl." Dann erhob er das Schwert, um dem Männlein das Haupt abzuschlagen. Schon holte er aus. Doch im letzten Moment hielt er inne, sah in das freundliche Gesicht des Alten und begann zu weinen. Er ließ die tödliche Klinge fallen und sank zu Boden. Verzweifelt rief er aus: "Wie kann ich einen Unschuldigen töten, um einen anderen zu retten. Das steht mir nicht zu. Lieber gehe ich unverrichteter Dinge zurück zum Gipfel und akzeptiere mein Schicksal ebenso wie das meiner geliebten Frau."

Doch dann geschah Wunderbares: Das Männlein wurde plötzlich immer größer. Auch sein Gesicht veränderte sich. Ungläubig sah Hans der Verwandlung zu und am Ende stand vor ihm niemand anders als der Zauberer. Zum ersten Male lächelte dieser und sprach: "Mein guter Hans, ich bin stolz auf dich. Du hast alle Prüfungen bestanden." Hans antwortete verwirrt: "Aber ich verstehe nicht. Ich habe doch das Männlein verschont, obwohl ich ihm den Kopf abhauen sollte." "Und du tatest gut daran", erwiderte der Zauberer. "Am Himbeerstrauch hast du deinen Mut erwiesen und trotz des scheinbar sicheren Todes eine der Beeren gegessen, von denen in Wahrheit natürlich keine einzige giftig war. Als du mir die Goldstücke zurückbrachtest, ohne die überzählige Münze zu unterschlagen, hast du deine Ehrlichkeit unter Beweis gestellt. Und bei der Aufgabe, das Männlein zu töten, welches in Wahrheit ich selbst war, hast du gezeigt, wie barmherzig und gerecht du bist, selbst im Angesicht des Todes. Du bist in der Tat reinen Herzens und des Zauberkrautes würdig. Ich habe bereits etwas davon für dich gesammelt und in diesen Beutel gefüllt. Wenn du deinem Weib einen Sud von dem Kraut einträufelst, wird sie rasch genesen. Und hier hast du noch den Beutel mit dem Gold aus der Schlucht. Auch das hast du dir verdient. Nun gehe nach Hause zu deinen Lieben."

Überglücklich bedankte sich der Bauer, kehrte in Windeseile zurück zu seiner Familie und schon bald war seine Frau wieder gesund und munter. Von dem Gold schafften sie Kühe, Schweine, Ziegen und Hühner an, sodass ihr Hof ihnen bis ans Ende ihrer Tage ein glückliches Leben bescherte.

XI. Des Köhlers Geheimnis

In einer längst vergangenen Zeit lebte ein Holzfäller mit seiner Frau und seinen drei Töchtern. Da seine Arbeit nicht einmal das Nötigste einbrachte, musste Ida, das älteste Kind, täglich in den Wald gehen, um Pilze, Beeren und Kräuter zu suchen.

Eines Tages hieb sich der Vater zu allem Unglück die Axt in den Fuß. Und weil kein Geld für einen Arzt da war, starb er bald darauf am Wundbrand. Wenig später schied aus Gram darüber auch die Mutter aus dem Leben, sodass von nun an Ida allein ihre jüngeren Schwestern ernähren musste. Erdrückend war diese Last und doch verbarg sie ihre Verzweiflung, um die Geschwister nicht zu entmutigen. Sie ging jeden Tag aufs Neue in den Wald, um zu sammeln, soviel sie finden konnte, denn das war nun ihre einzige Nahrung. Doch oft konnte sie ihren Korb trotz größter Mühe nur spärlich füllen, sodass es nicht reichte, um alle satt zu machen.

Eines Morgens dachte sie: "Seit Tagen schon hungern meine kleinen Geschwister. Heute muss ich mit einem vollen Korb heimkehren. Vielleicht bleibt dann sogar etwas übrig, das ich verkaufen kann. Aber wie stelle ich`s an? Ob ich es in dem alten Buchenwald hinter dem Berg versuche? Vater hat es verboten, weil es dort nicht geheuer sei. Und im Dorf erzählt man sich, dass in dem Wald immer wieder junge Mädchen verloren gegangen seien. Aber womöglich finde ich dort Pilze und Früchte in Hülle und Fülle. Meine Schwestern würden sich so freuen. Ich werde es wagen!"

Den halben Vormittag dauerte es, den steilen Berg zu überwinden und schließlich am besagten Wald anzugelangen. Düster und einschüchternd stand er vor ihr. Viele Hundert Jahre mussten diese mächtigen Bäume alt sein. Einen Moment zögerte das Mädchen, ihn zu betreten, doch dann fasste sie sich ein Herz. Und tatsächlich: Gar nicht weit war Ida gegangen und bald sprießte es überall, dass es eine Freude war. Pilze und Beeren soweit das

Auge reichte. Rasch war ihr Korb gefüllt mit den prächtigsten Waldfrüchten. Doch als sie sich gerade auf den Heimweg machen wollte, überkam sie eine große Müdigkeit. Sie legte sich in das Gras einer kleinen Lichtung, um ein wenig auszuruhen, und fiel sogleich in tiefen Schlaf.

Doch wie überrascht war sie, als sie erwachte? Sie lag nicht mehr auf der Lichtung, sondern auf einer zerlumpten Decke in der Ecke einer kleinen, schmutzigen Kammer. Durch ein winziges, vergittertes Fenster konnte sie die Sonne aufgehen sehen. Sie musste die ganze Nacht geschlafen haben. Ida stand auf und sah sich um. Außer ihrer kargen Schlafstätte gab es in dem Zimmer nichts. Der einzige Ausgang war eine schwere Tür. Das Mädchen prüfte vorsichtig, ob sie abgeschlossen war, doch sie ließ sich ohne Weiteres öffnen. Dahinter befand sich ein großer Raum mit einem brennenden Herdfeuer sowie einem Esstisch. Daran saß ein kräftiger Mann mit einem rußgeschwärzten Gesicht und einem Bart, der bis zu seinem Bauch hinab reichte. Mit düsterer Stimme raunte er: "Das wurde auch Zeit. An die Arbeit! Mach` mir Frühstück. Und danach wirst Du mein Haus putzen." Das Kind wusste nicht, wie ihm geschah. "Wo bin ich? Und wer seid ihr?", fragte Ida verängstigt. Der Mann verfinsterte seine Miene noch mehr und stand auf. Von riesenhafter Statur war er. "Ich lebe hier seit vielen Jahren als Köhler. Weil ich kein Weib habe, wirst Du mir ein Jahr lang zu Diensten sein und tun, was ich sage. Erfüllst du alle Aufgaben zu meiner Zufriedenheit, werde ich dich am Ende reich belohnen." Verzweifelt rief das Mädchen: "Aber ich kann nicht ein Jahr lang fortbleiben. Meine kleinen Geschwister sind Waisen und würden elendig verhungern." Da versetzte ihr der Köhler einen so heftigen Backenstreich, dass sie zu Boden stürzte und fast ohnmächtig wurde. Erbost brüllte er: "Ich dulde keinen Widerspruch, du faules Ding. Steh` auf und dann an den Herd mit dir. Sonst wirst Du meinen Gürtel schmecken!" Unter Tränen machte sich das Kind an die Arbeit und schwieg fortan. Tag für Tag kochte und putzte es, ohne zu klagen. Dennoch bekam es immer wieder seine Bosheit zu spüren. Oft schlug und trat er das Mädchen, dass es am ganzen Leib grün und blau war.

Nach einiger Zeit sprach der Mann: "Ich muss Holz heranschaffen. Doch versuche derweil nicht, zu fliehen. Es wäre aussichtslos." Mit diesen Worten verschwand er im Wald und war bald nicht mehr zu sehen. Ida konnte ihr Glück kaum fassen. Er ließ sie allein, ohne sie einzusperren. War er wirklich so einfältig? Diese Gelegenheit musste sie nutzen. Kein erkennbarer Weg führte in den umgebenden Wald, sodass sie einfach aufs Geratewohl loslief, so schnell sie nur konnte. Nach einer Weile entdeckte sie weit in der Ferne ein Haus. "Dort leben Menschen. Gewiss werden sie mir helfen!", freute sie sich. Als sie aber näherkam, erkannte sie, dass es die Hütte des Köhlers war. Das arme Mädchen musste im Kreis gelaufen sein. Doch es gab nicht auf. Dieses Mal lief es in die entgegengesetzte Richtung. Und abermals stand es nach einiger Zeit wieder vor dem unglückseligen Haus. Verzweifelt versuchte Ida es ein drittes und ein viertes Mal, doch es war vergebens. Immer wieder endeten ihre Fluchtversuche da, wo sie begonnen hatten. Ihr war unbegreiflich, wie dies vonstattengehen konnte, doch musste sie einsehen, dass eine Flucht unmöglich war. Erschöpft gab sie schließlich auf und verrichtete ihre Arbeiten.

Erst nach Einbruch der Dunkelheit kehrte der Köhler zurück. Auf jeder Schulter trug er einen gewaltigen Baumstamm. Kein normaler Mann hätte auch nur einen dieser Stämme heben können. Als das Mädchen dies sah, hatte es keinen Zweifel mehr, dass hier Zauberei am Werk war. Irgendetwas musste dem Köhler übernatürliche Kräfte verleihen.

In den folgenden Wochen ging ihr Peiniger immer wieder in den Wald und Ida nutzte solche Tage, um Haus und Umgebung gründlich zu erkunden. Verzweifelt hoffend, dass ihre Geschwister noch lebten, schwor sie, sein Geheimnis zu ergründen und ihm so zu entkommen. Bald hatte sie die ganze Hütte durchsucht, ohne den geringsten Hinweis zu finden, worauf sie ihre Nachforschungen im Garten fortsetzte. Unter der ausladenden Krone einer alten Linde schließlich entdeckte sie eine Stelle, welche aussah, als sei dort vor nicht allzu langer Zeit gegraben worden. Eilig holte sie eine Schaufel herbei und begann, die Erde abzutragen. Nicht einmal eine Elle tief stieß Ida auf etwas, das in Lumpen gewickelt war. Vorsichtig begann sie, den Stoff zu entfernen und erschrak. Zum Vorschein kam eine Hand! Obwohl es sie schauderte, grub sie weiter. Wen nur mochte der Köhler hier so unchristlich verscharrt haben? Nach und nach kam der ganze Körper zu Tage. Hatte auch allerlei Gewürm ihm bereits zugesetzt, war dennoch erkennbar, dass es sich um ein junges Mädchen handelte. Vorsichtig und mit bloßen Händen wollte Ida nun das Gesicht der Toten freilegen, als sie noch Entsetzlicheres entdeckte: Sie hatte keinen Kopf! Nur mühsam unterdrückte sie einen Schrei. Dennoch ließ das tapfere Kind nicht ab. Unbedingt wollte es erfahren, was in diesem Grab noch verborgen war. Bereits nach wenigen Spatenstichen fand es den nächsten Leichnam. Dieser war stärker verwest. Doch ließen die Kleiderreste erahnen, dass es ebenfalls ein Mädchen gewesen sein musste. Und mit Grausen stellte Ida fest, dass auch dieses enthauptet war. Anschließend fand sie noch ein weiteres Skelett sowie zahlreiche lose Knochen. Doch war kein einziger Schädel darunter. In ihrer Aufregung vergaß sie dabei völlig die Zeit. Erst als die Sonne unterging, kam sie wieder zu Sinnen. "Um Himmels Willen. Wenn der Köhler von meiner Entdeckung erfährt, werde ich gewiss die Nächste sein, die er dort verscharrt", dachte sie. In Windeseile füllte sie das Massengrab wieder mit Erde und versetzte alles, so gut sie konnte, in den Zustand, in dem sie es vorgefunden hatte. Dann begab sie sich in die Küche und bereitete das Abendbrot zu. Gerade noch rechtzeitig, denn nur wenige

Augenblicke später kehrte der Mörder heim. Er polterte: "Rasch. Tisch` mir mein Essen auf und dann verschwinde in deine Kammer." Ida tat wie befohlen und begab sich dann auf ihr Nachtlager. Der Vollmond schien hell durch das kleine Fenster und sie fand keinen Schlaf. Unentwegt sinnierte sie: "All die Gerüchte um die verschwundenen Kinder sind wahr. Wahrscheinlich mussten sie so wie ich dem grausamen Kerl dienen. Und der versprochene "reiche Lohn" war in Wahrheit nichts als der Tod. Wie oft hat Vater mich gewarnt, dass dieser Wald nicht geheuer sei. Wenn mir nicht bald die Flucht gelingt, sind meine Geschwister daheim verloren. Und mir wird dasselbe Schicksal widerfahren wie den armen Mädchen, die ich fand. Doch was nur hat der Gottlose mit ihren Köpfen getan? Und woher hat er diese unmenschlichen Kräfte? Ob er ein Zauberer ist?" Ida weinte bitterlich.

Spät in der Nacht, als sie den Köhler schon schlafend glaubte, hörte sie plötzlich seine schweren Schritte und das Knarren der

Haustür. Vorsichtig ging sie zum Fenster und im Mondschein konnte sie sehen, wie der Unhold in einiger Entfernung einen großen Strohballen beiseiteschob. Dann schien es, als verschwinde der Mann auf geisterhafte Weise langsam im Boden. Erneut siegte Idas Überlebenswille über ihre Furcht und sie schlich sich vorsichtig aus dem Haus. Zitternd vor Angst näherte sie sich der Stelle, an der der Köhler verschwunden war. Dort begriff sie, was geschehen war. Wo zuvor der Strohballen gelegen hatte, befand sich ein geheimer Schacht. Als sie hinabblickte, entdeckte sie eine lange steile Treppe, deren Ende tief im Dunkeln verborgen lag. Weder war Licht zu sehen, noch irgendein Geräusch zu hören. Das Mädchen nahm all seinen Mut zusammen und stieg tastend hinab in die Finsternis. Unten angelangt fand sich Ida in einem Gang wieder und ganz entfernt erkannte sie einen schwachen Lichtschein. Als sie sich näherte, hörte sie leise die Stimme des Köhlers. Doch war sie noch zu fern, als dass sie seine Worte hätte verstehen können. Sie wagte sich immer weiter heran und erreichte schließlich das Ende des Korridors. Dort blickte sie durch eine halb geöffnete Tür in einen Raum, der durch einige Kerzen beleuchtet wurde. Ida trat nicht ein, sondern blieb in dem dunklen Gang, sodass sie hineinsehen konnte, ohne selbst gesehen zu werden. Sie erkannte einen Altar am hinteren Ende des Raumes. Auf diesem thronte, eingefasst in einen goldenen Sockel, eine Gemme. In Form und Größe ähnelte sie einem Taubenei. Doch ging ein unnatürliches, blutrotes Licht von ihr aus, welches keinen Zweifel daran ließ, dass dies kein gewöhnlicher Stein war. Ehrfürchtig kniete der Köhler vor dem Altar und sprach:

"Stein der Macht, Quell meiner Kraft,

behüte mich und diene mir,

wie Jahr für Jahr ich bringe Dir

die Häupter dieser Kinder hier."

Mit dem letzten Vers deutete er feierlich zu einem hölzernen, mit geheimnisvollen Ornamenten versehenen Regal. Und im Zwielicht des Kerzenscheins erkannte Ida, was sich darin befand. Es waren die Köpfe junger Mädchen. Mindestens zwei Dutzend an der Zahl waren es. Der Köhler musste sich auf die Kunst der Balsamierung verstehen, denn anders als die Körper, die sie gefunden hatte, waren die Häupter nicht verwest. Manche Gesichter kannte sie sogar aus dem Dorf. Wie Schuppen fiel es ihr nun von den Augen: "Wie abscheulich! Nicht nur, dass er die Kinder entführte und zu Leibeigenen machte. Nein, auch um den versprochenen Lohn prellte er sie. Stattdessen schlug er ihnen die Köpfe ab und opferte sie diesem Stein, aus dem der Unhold seine unmenschliche Kraft schöpft. Wenn ich nicht genauso enden will, muss ich den frevelhaften Stein vernichten." Idas Verzweiflung wich einem Hauch von Hoffnung. Unbemerkt verließ sie das Versteck und zurück in ihrer Kammer überlegte sie, wie ihr die Vernichtung des Steins gelingen könnte.

Als einige Tage später der teuflische Köhler wieder einmal in den Wald gegangen war, sollte es soweit sein. Mit größter Mühe schaffte es das Mädchen, den schweren Strohballen über dem Schacht beiseitezuschieben. Dieses Mal sah sie kein Licht und der Gang war stockfinster. Doch hatte sie Zündhölzer mitgebracht, mit denen sie sich den Weg leuchtete. Der Altarraum war nicht verschlossen. Ida war froh, als sie den Stein an seinem Platz sah, und nahm ihn von seinem Sockel. Entschlossen schleuderte sie ihn gegen die steinerne Wand, um ihn zu zerschmettern und seinen Zauber zu brechen. Doch er blieb unversehrt. Nicht einmal eine Schramme trug er davon. Sie stieg mit ihm hinauf ins Freie und versuchte, ihn mithilfe von allerlei Werkzeugen zu zerstören. Doch weder Hammer noch Axt noch Säge vermochten ihn auch nur zu ritzen. Und Ida begriff, dass die Zauberkraft des Steins ihn vor Zerstörung bewahrte und er daher auch nur durch Zauberkraft vernichtet werden könnte. Über solche verfügte jedoch nur der Köhler. Entmutigt ob ihrer vergeblichen Bemühungen brachte sie die Gemme zurück an ihren Platz und beseitigte die Spuren ihres erfolglosen Unterfangens.

Monate vergingen und das Ende ihres Dienstjahres rückte unaufhaltsam näher. Eines Abends schließlich sprach der Köhler zu ihr: "Du kannst dich freuen, mein Kind. Morgen endet deine Zeit bei mir. Gleich bei Sonnenaufgang sollst du deinen Lohn erhalten."

In ihrer letzten Nacht lag Ida auf ihrem Lager und weinte. Doch stieg auch Zorn in ihr auf. "Ein ganzes Jahr ist jetzt vorüber. Für meine Geschwister gibt es keine Hoffnung mehr und mein Ende ist nun ebenso unabwendbar. Doch will ich wenigstens auch dem Treiben dieses Mörders ein Ende bereiten. Zu viele unschuldige Kinder hat dieser Teufel schon gemordet." Als sie sicher war, dass der Köhler schlief, schlich sich das Mädchen aus dem

Haus. Unbemerkt betrat sie abermals den Altarraum, nahm den Stein an sich und versteckte ihn in ihrer Rocktasche. Dann kehrte sie zurück in ihre Kammer und wartete auf ihr Schicksal.

Mit den ersten Sonnenstrahlen trat der Mann ein. Der Köhler sprach: "Nun will ich dich belohnen, wie ich es versprochen habe. Folge mir." Er führte das Mädchen aus dem Haus geradewegs zu dem großen Baumstumpf, auf dem er das Brennholz zu spalten pflegte. Darin steckte seine schwere, scharfe Axt. Ida rief: "Ist das mein Lohn? Der Tod?" Er lachte: "Welchen Lohn hast du erwartet? Die Freiheit? Oder gar Gold? Nein, nichts bekommst du. Ich jedoch nehme deinen Kopf. Ich werde ihn meinem Zauberstein opfern, damit er mir weiterhin Macht verleiht. Aber was weißt du davon, du dummes Ding." Vom Köhler unbemerkt zog Ida den Stein aus der Tasche und steckte ihn in ihren Mund. Dann sah sie ihren Mörder wortlos und ohne Furcht an. Grob riss der Mann das Kind an seinem Haar zu Boden und presste sein Haupt auf den Baumstumpf, der in Wahrheit ein Richtblock war. "Halt still! Dann erfährst du ein rasches Ende!", herrschte er sie an. Das tapfere Mädchen tat, was er verlangte, und wartete auf den Tod. Schließlich hob der Köhler seine Axt und schlug zu.

Doch genau in dem Augenblick, in dem das Todeswerkzeug auf Idas Hals hinabsauste, schluckte sie den Stein. Und so erfüllte sich ihr verzweifelter Plan: Der Stein blieb ihr im Halse stecken und als die scharfe Klinge Idas Genick durchschlug, traf sie auch den Zauberstein, der unter der übernatürlichen Kraft des Köhlers sogleich zerbarst. Noch während das Haupt des heldenhaften Mädchens vom Richtblock rollte, begann der Unhold entsetzliche Flüche auszustoßen und sich in Schmerzen zu winden. Dann verging er ebenso wie der Stein und alles, was er mit dessen Macht geschaffen hatte. Selbst von seinem Haus blieb nichts mehr übrig.

Fortan verschwanden keine Kinder mehr aus dem Dorf. Dass die Menschen dies jedoch einzig dem Heldenmut eines kleinen Mädchens verdankten, erfuhren sie nie.

XII. Die Gute Fee

Es war einmal ein Söldner, der hatte viele Jahre im Krieg gekämpft und glanzvolle Siege wie verheerende Niederlagen erlebt. Viel Schreckliches war ihm widerfahren und ebenso Schreckliches hatte er begangen. Als der Krieg aber endlich vorüber war und er nicht mehr gebraucht wurde, wusste er nicht, was er tun sollte. Von seinem bescheidenen Sold war bald nichts mehr übrig und außer dem Kriegshandwerk hatte er nichts gelernt. Mittellos und verzweifelt grübelte er, wie er zu Geld kommen könnte: "Kein anderes Handwerk als das Töten beherrsche ich. Und als Knecht bin ich mir zu schade. Ich werde eine Kutsche überfallen und mit etwas Glück habe ich bald volle Taschen."

Und so begab er sich an eine abgelegene Straße, versteckte sich im Unterholz und wartete. Stunden vergingen, doch keine Kutsche kam vorbei. Schon wollte der Söldner aufgeben, um andernorts sein Glück zu versuchen, als er plötzlich von einem grellen Licht geblendet wurde. Es befand sich direkt vor ihm und er glaubte, eine Frau darin zu erkennen. Doch war es zu schmerzhaft, hinzusehen, sodass er seine Augen schließen musste. Nach und nach aber wurde das Licht schwächer und der Mann wagte es, erneut seinen Blick auf die Erscheinung zu richten. Bald war der Schein gänzlich verschwunden und tatsächlich: Vor ihm stand eine wunderschöne Frau von edler Gestalt. Sie trug ein weißes Gewand und einen goldenen Reif um ihr hüftlanges, blondes Haar. Schweigend lächelte sie den Söldner an. Schließlich fasste der sich und fragte: "Wer seid ihr?"

Darauf erwiderte die Frau: "Ich bin eine Gute Fee." Da konnte der Mann sein Glück kaum fassen. Freudig rief er aus: "Endlich belohnt mich das Schicksal. Euch schickt der Himmel, Gute Fee! Gewiss könnt ihr Wünsche erfüllen." Darauf sprach diese: "Nur einen einzigen werde ich erfüllen. Danach wirst du mich nie wiedersehen." Der Söldner geriet in höchste Aufregung. "Wie soll ich mich nur entscheiden? Ah, ich weiß: Ich will einen Sack voller Gold. Nein, wartet. Ich will König sein, dann kann ich mir nehmen, was ich will. Oder halt. Ich will Herrscher der ganzen Welt sein. Mehr geht nicht. Oder doch?", dachte er laut. Und er hätte sich in seiner Gier wohl noch lange den Kopf zerbrochen, wäre die Fee ihm nicht ins Wort gefallen: "Zunächst musst du für mich eine Aufgabe erfüllen. Bist du dazu bereit?" "Alles, was ihr wollt", erwiderte er. Und sogleich nahm die Fee den Söldner an die Hand und er konnte kaum begreifen, wie ihm geschah. Als wäre es das Einfachste der Welt, stieg sie mit ihm in die Lüfte auf und sie flogen dahin. Berge und Täler, Flüsse und Seen überquerten sie, bis sie schließlich zwischen den Ruinen eines Bauernhofes wieder den Boden betraten. Der ganze Hof war niedergebrannt und kaum ein Stein stand noch auf dem anderen. Kein Mensch lebte mehr dort, nur einige Knochen lagen herum. Der Söldner entdeckte die Gebeine von Kühen,

Schweinen und eines Hundes. Furchtbares musste hier passiert sein, doch berührte dies den Mann nicht im Geringsten. Zu oft hatte er im Krieg bereits solche Gräuel gesehen und nicht selten war er selbst daran beteiligt gewesen.

Die Fee führte ihn an einen Brunnen und sagte: "Du musst hinab steigen bis auf den Grund. Das ist es, was ich von dir verlange." Der Söldner blickte in die Tiefe, doch konnte er keinen Boden erkennen. Er warf einen Stein hinein und es dauerte mehr als einen Augenblick, bis ein dumpfer Aufprall zu hören war. "Das ist wahrlich ein tiefer Brunnen", stellte er fest. "Doch es klingt, als sei er ausgetrocknet. Warum wollt ihr, dass ich hinabsteige? Ist euch etwas hineingefallen? Ist da unten ein Schatz versteckt?" Darauf antwortete die Fee: "Das wirst du erfahren, wenn du unten angelangt bist." "Also gut, es sei", sagte der Mann. Dann reichte die Fee ihm ein langes Seil, das er sogleich am Brunnenrand befestigte und hinabließ. Als er das Ende am

Boden aufschlagen hörte, begann er herabzuklettern. Während des Abstiegs in die Dunkelheit überlegte er unentwegt, welche Schätze, welche Macht er sich von der Fee wünschen sollte. An nichts anderes mehr konnte er denken, bis er schließlich den stockfinsteren Grund des Brunnens erreichte.

Er blickte nach oben und sah weit über sich im Lichte der Brunnenöffnung die Fee, wie sie sich über den Rand lehnte und hinabsah. Um sich umzuschauen, nahm er ein Streichholz aus seiner Tasche und zündete es an. Was er dann im flackernden Lichtschein sah, ließ ihn erschaudern: Vor ihm standen drei Skelette. Keines war unversehrt, sondern jedes wies gebrochene Knochen auf. Eines war klein und stammte offenbar von einem Kind, die anderen zwei von Erwachsenen - den spärlichen Kleiderresten nach von einem Mann und einer Frau. Die furchterregenden Gestalten blickten ihn mit ihren leeren Augen an. In Todesangst wandte der Söldner sich um, um das Seil zu packen und ins Freie zu entkommen. Doch oh weh! Das Seil war fort. Als er nach oben blickte, erkannte er noch, wie die Fee es hochzog, doch es war zu spät. Wütend schrie er hinauf: "Warum tust du das? Was habe ich dir getan? Du wolltest mir einen Wunsch erfüllen. Dies habe ich mir gewiss nicht gewünscht!" Darauf rief sie ihm zu: "Nie sprach ich davon, DIR einen Wunsch zu gewähren. Vielmehr habe ich diesen armen Seelen im Brunnen ihren Wunsch erfüllt, indem ich dich zu ihnen brachte. Nun, da es vollbracht ist, werde ich hier nicht mehr gebraucht. Und wie ich es dir angekündigt habe, wirst du mich nie wiedersehen." "Nein, überlass` mich nicht diesen Untoten. Ich flehe dich an!", brüllte der Söldner verzweifelt. Doch die Fee war verschwunden.

Dann blickte er wieder zu den drei Skeletten. "Warum habt ihr nach mir verlangt?", fragte er. Und tatsächlich antwortete das Skelett des Mannes mit gleichmütiger Stimme: "Kannst du dich nicht erinnern? Einige Jahre ist es her, es war im Krieg, als du schwer verletzt an unseren

Hof kamst. Wir gaben dir zu essen und pflegten deine Wunden. Doch warst du mehr als undankbar. Als es dir besser ging, schlugst du mich nieder und warfst uns in den ausgetrockneten Brunnen. Selbst unser Kind verschontest du nicht. Ja, nicht einmal die Gnade eines raschen Todes war uns vergönnt. Mit zerschmetterten Knochen, doch noch lebendig fanden wir uns hier unten wieder. Viele Tage voller schrecklicher Schmerzen vergingen, bis einer nach dem anderen ebenso verhungert war wie unser Vieh, das oben niemand mehr versorgte."

Da fiel dem Söldner alles wieder ein, als sei es gestern gewesen, als er nach einer Schlacht hierhergekommen war. Er erinnerte sich daran, was er der Familie angetan hatte, um an ihre bescheidenen Habseligkeiten zu gelangen, und wie er anschließend den Hof niedergebrannt hatte. Doch leugnete er nun alles, um seine Haut zu retten: "Ihr verwechselt mich. Nie habe ich einem Menschen etwas zuleide getan und nie war ich an diesem Ort", flehte er. Doch der Untote sprach: "Wie könnte ich dein Gesicht vergessen, Mörder. Im Sterben schworen wir, nicht zu ruhen, bis deine Untat gesühnt sein würde. Seitdem fristeten wir hier unser Dasein - nicht tot, nicht lebendig. Bis eines Tages die Gute Fee erschien. Sie erfüllte uns den Wunsch, dich herzubringen."

Doch der Söldner war ein erprobter Kämpfer, der nicht so schnell aufgab. Er rief: "Wenn ihr mich töten wollt, versucht es nur. Ihr wäret nicht die Ersten!" Darauf erwiderte die untote Frau: "Du hast nicht verstanden. Wir wollen dich nicht umbringen. Wir wollen unsere Ruhe finden. Und das können wir jetzt." Darauf fielen die drei Skelette in sich zusammen und regten sich nicht mehr. Sie waren endgültig ins Jenseits übergegangen, wo sie nun ihren ewigen Frieden haben.

Der Söldner aber verbrachte noch viele qualvolle Tage in dem finsteren Brunnen, bis er schließlich ebenso elendig verhungert war wie einst die Bauernfamilie.

XIII. Vom Undank und seinem Lohn

Einst wohnte am Rande eines Dorfes eine alte Frau, die hieß Grete. Sie war der Heilkunst mächtig und tat den Dorfbewohnern viel Gutes. Zahllose Gebrechen und Krankheiten hatte sie schon geheilt und nur von den Wohlhabenden ließ sie sich bescheiden entlohnen. Die Armen aber, und das waren die meisten Menschen im Dorf, behandelte sie stets ohne Gegenleistung. Ja, oft gab sie ihnen noch einen Laib Brot oder ein paar Eier mit nach Hause. Auch wenn viele glaubten, dass solch große Heilkunst nur durch Magie möglich sei, wurde die alte Grete nicht gefürchtet, sondern wegen ihrer Güte allseits geliebt.

Eines schlimmen Tages aber kam der Schwarze Tod über das Dorf. Und wie immer baten die Menschen Grete um Hilfe. Doch die sprach: "Die Pestilenz vermag auch ich nicht zu heilen. Schon lange suche ich nach einem Mittel, doch habe ich noch keines gefunden. Es tut mir leid." Und so siechten die Menschen dahin. Bald waren die Gassen gesäumt von den Leibern der Toten. Immer größer wurde die Verzweiflung und wie es die Natur der Menschen ist, suchten sie nach einem Schuldigen. Sie haderten damit, dass ihnen Grete ausgerechnet jetzt, wo sie es am dringendsten brauchten, kein Heilmittel gab. Auch wuchs ihre Überzeugung, dass eine derart todbringende Krankheit nicht natürlichen Ursprungs sein könne. Es musste Hexerei im Spiel sein! So kam es, wie es kommen musste: Die Bürger versammelten sich vor dem Haus der Kräuterfrau und forderten sie auf, herauszukommen. Als sie vor die Tür trat, sprach einer: "Grete, wir haben keinen Zweifel, dass du der Zauberei mächtig bist. Dennoch weigerst du dich, uns von der Pest zu befreien." Ein anderer rief: "Jeder weiß doch, dass sie eine Hexe ist. Wie hätte sie sonst meine Frau von der Blindheit heilen können?" "Ja", brüllte ein dritter, "meinen lahmen Großvater hat sie wieder zum Gehen gebracht.

Wer das vermag, kann auch den Schwarzen Tod beherrschen." Immer wütender wurde die Menschenmenge und am Ende beschuldigte man Grete sogar, die Pest selbst herbeigeführt zu haben. Die Alte bekam furchtbare Angst und flehte: "War ich nicht immer gut zu euch? Nie habe ich euch abgewiesen. Verfügte ich über Hexenkräfte, ich würde sie einsetzen, euch zu retten. Doch ich bin nur eine gottesfürchtige Heilerin." Die aufgebrachten Leute jedoch waren nicht mehr zu beruhigen. Schließlich sprach der Bürgermeister: "Grete, ich klage dich der Hexerei an. Gestehe und erspare dir unnötige Leiden."

Aber die Frau beteuerte weiter ihre Unschuld. So brachte man sie in den Hexenturm und unterzog sie der peinlichen Befragung. Man schlug sie, setzte sie auf den Bock und legte ihr die Daumenschrauben an. Doch selbst als der Folterknecht die Tortur auf der Streckbank fortsetzte und der Bemitleidenswerten immer aufs Neue die Arme ausrenkte, hielt sie stand. Nach tagelanger vergeblicher Folter blieb dem

Richter schließlich nichts anderes übrig, als sie vom Vorwurf der Hexerei freizusprechen, auch wenn alle weiterhin von ihrer Schuld überzeugt waren. Mehr tot als lebendig brachte man die Geschundene zu ihrem Haus, welches die Leute von nun an mit größtem Argwohn beobachteten. Doch anstatt sich von den Undankbaren im Zorn abzuwenden, machte sich Grete sogleich daran, weiter nach einem Heilmittel zu forschen. Sie trug alles Wissen aus ihren Büchern zusammen und experimentierte Tag und Nacht. Sie wusste, dass sie sich eilen musste. Nicht nur, weil die Menschen weiter dahinstarben, sondern auch weil sie durch die Folter so schwer verletzt war, dass ihr Tod unabwendbar war und spürbar näher rückte.

Währenddessen blieb keine Familie im Dorf ohne Verluste durch die Seuche. Da rief der Bürgermeister den Rat zusammen und sprach: "Auch, wenn der Richter Grete freigesprochen hat, glaube ich weiter an ihre Schuld. Dass sie die peinliche Befragung überstand, ist nur ein weiterer Beweis, dass sie mit dem Teufel im Bunde ist. Solange sie lebt, wird der Schwarze Tod nicht von uns ablassen." Keiner widersprach und so zog erneut eine wütende Menschenmenge zum Haus der Frau und setzte es in Brand. Als das Haus abgebrannt war, durchsuchten die Männer die Überreste, um sich zu vergewissern, dass sie der Hexe den Garaus gemacht hätten. Doch fanden sie keinen Leichnam. Grete war verschwunden. So kehrten sie unverrichteter Dinge zurück ins Dorf und hatten der Pest nichts entgegenzusetzen.

Als bald schon mehr als die Hälfte der Dorfbewohner tot war, machten sich die verbliebenen Männer, darunter auch der Bürgermeister, auf den Weg, um in der Ferne Hilfe zu suchen. Doch wohin sie auch kamen, überall wütete der Schwarze Tod bereits und niemand wusste etwas dagegen zu tun.

Nach einiger Zeit aber, als sie schon nicht mehr daran glaubten, kamen sie in eine Stadt, in der es den Menschen gut ging. Sie fragten einen

Mann auf der Straße, ob hier denn nicht auch die Pest ausgebrochen sei. Der antwortete: "Durchaus, mein Herr. Doch als das Sterben gerade begonnen hatte, kam eine alte Frau in unser Dorf. Man musste ihr zuvor übel mitgespielt haben, denn sie war schwer verletzt und dem Tode nah. Wir pflegten sie eine Weile und bald ließ sie sich allerlei Kräuter bringen. Dann geschah das Wunder: Nach einigen Tagen hatte sie ein Elixier gebraut, von dem sie uns allen gab. Seitdem ist niemand mehr krank geworden. Diese Frau muss eine Heilige oder ein Engel gewesen sein. Aufgeregt sprach der Bürgermeister: "Rasch. Gebt uns von dem Heiltrank. Unsere Familien daheim sterben dahin wie die Fliegen." "Vergebt mir, doch weder haben wir von dem Elixier noch dessen Rezeptur." Darauf der Bürgermeister: "Dann bringt mich zu der Heiligen. Sie muss unsere Frauen und Kinder retten." Doch der Dorfbewohner erwiderte: "Leider ist sie nicht mehr unter uns. Infolge ihrer Verletzungen verstarb sie, kurz nachdem sie uns das Mittel verabreicht hatte. Wir haben sie begraben und ihr ein würdiges Denkmal gesetzt. Dort drüben könnt ihr es sehen."

Und gleichermaßen entsetzt wie beschämt erblickten die Männer eine steinerne Statue, deren Gesicht ihnen nur allzu bekannt war.

Lönsstr. 20, 96476 Bad Rodach
Claus.B@aol.com

Printed in Poland
by Amazon Fulfillment
Poland Sp. z o.o., Wrocław

11209857R00089